I0646845

UN DRAME

AU FOND

DE LA MER

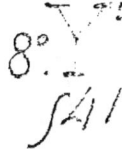

F. Aureau. — Imprimerie de Lagny.

UN DRAME

AU FOND

DE LA MER

SUIVI DE

L'HISTOIRE DE TROIS CAPSULES

PAR

Richard CORTAMBERT

PARIS

GEORGES DECAUX, ÉDITEUR

7, RUE DU CROISSANT, 7

—

DRAME AU FOND DE LA MER

I

Une séance de la Société nationale de navigation. — La pose du câble transatlantique. — Discours de M. Diolbourg. — Réponse remarquable de M. Calvet. — M. Henri de Sartène : ses projets.

— C'est tout simplement impraticable, insensé ! Ce projet n'a pas le sens commun. Ils seront bafoués, conspués ; — ils engloutiront leurs millions et leur honneur au fond de l'océan, et ce sera bien fait.

—Cher monsieur Calvet, reprenait alors timidement un jeune homme, — ces diables d'Anglais sont bien audacieux!

— Audacieux! bon! Moi, qui vous parle, répondit l'érudit Calvet, je suis l'homme le plus audacieux du monde, — j'ai hasardé cent théories auxquelles je ne crois plus un traître mot. Bagasse! il y a loin de la théorie à la pratique. On peut sans scrupule inventer les systèmes les plus absurdes sur les astres qui gravitent à quelques milliards de lieues d'ici. Si nous nous trompons, ils n'iront pas le dire à Rome! — Mais il s'agit, cette fois, d'opérer chez nous, entendez-vous, sur notre planète, sur notre globe! Et voilà où est la démence! On n'invente pas de folies quand les faits peuvent, d'une minute à l'autre, renverser tout notre échafaudage. Vouloir relier l'Europe au Nouveau-Monde par un fil télégraphique, c'est méconnaître, premièrement, les lois les plus élémentaires du magnétisme terrestre; —

deuxièmement, ne pas savoir deux mots des principes de l'électricité ; — troisièmement, ne pas avoir la moindre notion de la topographie sous-marine de l'Atlantique. Je le répète, et ce mot doit suffire, — c'est impossible ! Et je suis pourtant Français, — je m'en vante. Au reste, consultez mes écrits.

Les deux causeurs, tout en devisant ainsi, cheminaient sur le pont des Arts ; ils passèrent devant le palais de l'Institut, inclinèrent à gauche et se dirigèrent vers une maison du quai Malaquais, au premier étage de laquelle on lisait en grosses lettres : *Cercle des sociétés savantes.*

— Vous allez m'entendre, reprit M. Calvet en faisant raisonner sa canne à pomme d'argent sur la dalle, vous allez voir comme je vais chapitrer d'importance leur ridicule témérité ! J'ai des faits à leur opposer ! des faits accablants. D'abord, leur double insuccès.

Parlant ainsi, — il gravit l'escalier d'un pas assuré, — comme un futur orateur qui a conscience de son mérite et qui médite de porter un grand coup ; — il pénétra ainsi que son compagnon dans la salle où la Société nationale de navigation tenait ce jour-là, une de ses séances mensuelles.

La Société nationale de navigation est une des associations les plus célèbres de l'Europe ; ce n'est pas pourtant une de ces assemblées turbulentes, un de ces cénacles orageux qui de temps à autre s'attirent les vertes admonitions des gouvernements. Depuis sa fondation, qui remonte à l'an VII, elle a toujours été au mieux avec les gouvernements établis. La liste de ses présidents en est une preuve palpable ; ce sont, entre autres, le général Foy, sous Napoléon ; Polignac, sous la Restauration ; Guizot, sous Louis-Philippe ; Ledru-Rollin, sous la République ; M. de Persigny, sous le second empire ; pas un marin, bien entendu. En politique, on le voit, ses convictions ne sont donc pas bien arrêtées. Peu lui importe ! On la compare volontiers à l'Institut. Est-ce un éloge, est-ce une critique ? Les plus fins s'y perdent.

Cette remarquable association compte aujour-d'hui dans son sein trois ministres, une dizaine de sénateurs, douze membres de l'Institut, trois à quatre savants, etc.

Deux souverains, y compris le roi de Siam, daignent la protéger. C'est un insigne honneur dont chacun a droit d'être fier, — aussi le président n'oublie-t-il jamais, chaque année, de faire ressortir aux yeux de ses membres le bénéfice immense que la Société en retire ; et les libéraux sont toujours les premiers à ap-plaudir.

Lorsque nos deux interlocuteurs, M. Calvet et son jeune confrère, pénétrèrent dans l'as-semblée, toutes les places étaient occupées ;

on s'attendait en effet, à quelques communications intéressantes sur la pose prochaine du
câble transatlantique. On était au milieu de
juin 1866. Le *Great-Eastern* allait bientôt lever
l'ancre.

L'Europe ne prêtait alors qu'une attention
distraite aux préparatifs de ce départ. Les événements politiques absorbaient la plupart des
esprits, et cependant quelle différence entre les
résultats de cette victoire pacifique gagnée par
l'Angleterre et les conséquences de la bataille
de Sadowa ! Pendant que la civilisation mariait
l'Europe au Nouveau-Monde, le vieux levain
de barbarie moissonnait cent mille hommes en
Allemagne !

Seule peut-être en France, la Société nationale de navigation faisait bonne garde; — elle
assistait pas à pas à la marche des travaux, —
elle les enregistrait, elle les critiquait, elle
les discutait, elle les approuvait quelquefois,

elle les condamnait plus souvent encore.

De jour-là, 15 juin 1866, la Société comptait une partie de ses notabilités. On apercevait dans une encoignure, et sa canne entre ses jambes, M. Babinet, de l'Institut, qui fut, comme il ne l'ignorait pas, le plus spirituel, le plus érudit, le plus littéraire et le plus illustre des journalistes scientifiques.

M. Philarète Chasles se trouvait placé à côté de Nadar, attiré vers le célèbre aéronaute par un fluide magnétique mystérieux. M. de La Landelle parlait, bien entendu, de l'aviation et de la mécanique, en romancier, avec M. Verne. M. Wilfrid de Fonvielle se lançait à corps perdu dans les nuages avec M. Flammarion. M. Victor Meunier frappait du coude M. l'abbé Moigno, qui causait très-haut avec M. Barral. M. Figuier était aussi là, puisqu'on y voyait trois de ses nombreux secrétaires. On remarquait également M. André Sanson et M. Félix Hément. L'un songeait à l'avenir de la zootechnie, l'autre à son propre avenir. Plus loin, et assis côte à côte comme d'excellents amis, se trouvaient MM. de Parville, du *Constitutionnel*, et Arthur Mangin, du *Correspondant*. J'en passe et des meilleurs.

M. Lamothe, ce modèle des secrétaires, venait de lire le procès-verbal ; un petit homme de trente à trente-cinq ans, à la physionomie énergique, demanda la parole. L'honorable membre qui allait parler n'était autre que Diolbourg, ce remuant, cet infatigable Diolbourg, qui tenterait volontiers de déranger la terre de son orbite s'il croyait rendre les hommes plus heureux.

— Messieurs, je viens, articula Diolbourg d'une voix sonore, vous parler au nom de la civilisation de l'humanité et de la gloire nationale !

Ces trois mots ne disent pas grand'chose, mais ils ont cependant un privilége : celui

de réveiller les auditeurs les plus somnolents.
C'est un coup de fouet qui claque, un sac qui
crève et qui détonne. Rien de plus. Mais cela
suffit. L'habile Diolbourg le savait bien. Il continua :

Messieurs, il serait superflu de vous entrete-
nir de l'œuvre colossale à la veille d'être mise
à exécution par nos voisins d'outre-Manche.
Vous savez qu'un fil télégraphique doit relier
Valencia, en Irlande, à Trinity-Bay, sur l'île de
Terre-Neuve, à quelques degrés de New-York.
C'est le mariage du nouveau et de l'ancien
monde qui va se célébrer ; c'est le plus grand
acte de la civilisation contemporaine que deux
peuples vont signer. Il ne sera pas dit qu'une
nation comme la nôtre demeurera étrangère à
un événement aussi capital. — Mon avis est
qu'une souscription soit immédiatement ouverte dans notre sein et qu'un marin ou qu'un
ingénieur soit envoyé à nos frais personnels

1.

sur le *Great-Eastern*. Il prendra place à côté des officiers anglais. Il faut que la France soit représentée à cette victoire de l'homme sur les éléments !

— Très-bien ! Très-bien ! A merveille ! Approuvé ! Bravo ! Bravo ! répétèrent quelques voix ; — mais beaucoup de membres conservèrent le plus grand silence. Ce diable de mot de souscription avait refroidi l'auditoire sur le point de faire explosion. Quelques minutes après, l'excellent M. Lamothe s'excusait de ne pouvoir assister à la fin de la séance, prenait son chapeau et s'esquivait. Il en fut de même de deux ou trois membres qui se dirigèrent vers la porte, et, libérés, se frottaient les mains en disant : « Nous l'avons échappé belle ! » Quant à M. Calvet, il fut intrépide ; il trouva l'instant favorable pour lancer à l'ennemi toutes ses batteries. En habile stratégiste, il commença par des feux de peloton, puis déroula ses gros ba-

taillons et finit par une terrible charge de cava-
lerie.

Il se déchaîna contre le projet des Anglais ;
puis, frappant du poing la table de l'Assemblée,
il finit par cette phrase retentissante :

— Messieurs, les lois du magnétisme terrestre, celles de l'électricité, tout nous démontre
que l'entreprise est insensée et que l'échec le
plus complet l'attend. Une souscription pour
une pareille œuvre ! Qui peut y songer sans sourire ? Nous n'aurions pas 500 francs ! Si vous
voulez vous associer à une opération chimé-
rique, vous ne pouvez mieux trouver. Quant
à nous, qui respectons notre dignité, nous ne
bougerons pas !

Ce discours fit sensation. Mais on vit alors
du milieu d'un groupe se lever un jeune homme
d'environ vingt-deux ans, à la physionomie
réfléchie. Tous les yeux se tournèrent vers lui.
On pressentait instinctivement que, si cet in-

connu prenait la parole, c'est qu'il avait une
importante nouvelle à annoncer. Le plus grand
silence se fit ; en une seconde, tout l'auditoire
embrassa d'un regard curieux ce jeune étranger,
dont le visage était empreint d'une douce rêve-
rie et d'une grande énergie.

Ses cheveux, très-blonds, fort abondants,
se relevaient gracieusement, mais sans apprêt,
autour de son front large et haut. Ses yeux
étaient mélancoliques et profonds. Tout en
lui révélait la franchise et la résolution. De
prime-abord on sentait que l'on avait affaire à
quelqu'un, c'est-à-dire à une nature d'élite.

Le jeune homme commença d'une voix
faible, qui faisait contraste avec le discours
précédent.

— Messieurs, vous allez me juger bien fou,
dans quinze jours je partirai de Valencia. Un
capitaine américain m'a confié la direction d'un
steamer qui naviguera dans les eaux du *Great-*

Eastern, durant la pose du câble transatlantique. Les appareils à plongeur Rouquayrol-Deneyrouse nous permettront d'aller nous-mêmes interroger le lit de la mer. Je souhaite que, par mes soins, l'on puisse retrouver le câble perdu il y a quelques années. Dans tous les cas, nous nous associons à toutes les opérations de nos confrères les ingénieurs anglais, nous partagerons leurs travaux, leurs périls s'il y a lieu, leur insuccès peut-être, mais très-probablement dans un mois leur victoire. La France sera donc représentée là-bas.

— Bravo ! Bravo ! Très-bien ! Très-bien ! s'écrièrent MM. Esile, Diolbourg, Moninsin, Drachir, Nevers, Game, tous gens d'initiative, qui adorent leur pays et voudraient le voir au premier rang dans toutes les branches.

Le nom du jeune audacieux fut bientôt connu, et passa de bouche en bouche : — il s'appelait Henri de Sartène.

II

CE QU'ÉTAIT HENRI DE SARTÈNE

La physionomie de l'assemblée, qui s'était singulièrement rembrunie, s'éclaircit tout-à-coup. L'atmosphère devenait moins lourde. L'idée de cette malencontreuse souscription qui, d'une seconde à l'autre, allait peut-être se grossir aux dépens des intérêts privés, inquiétait plus d'un esprit égoïste. On se sentit allégé d'un poids. La souscription n'avait plus, en

effet, sa raison d'être. — M. de Sartène était
Français, — il voyageait bien, cela est vrai,
aux frais de l'Amérique, — mais il allait
porter le nom de sa patrie dans la vaste entreprise.

Tout était donc pour le mieux.

« Diable ! se dit en lui-même M. Calvet.
Voilà un homme ! Il faut que je m'en fasse un
ami ! »

Lorsqu'un peu de calme fut rétabli, il demanda la parole pour un fait personnel. Il
l'obtint.

— Messieurs, dit-il sur un ton insinuant, j'é-
prouve le besoin de féliciter d'abord M. de Sartène sur la noble tentative à laquelle il s'asso-
cie, et, sans me rétracter, je reviens sur
quelques paroles qui ont pu m'échapper dans
la chaleur de la discussion. J'approuve, vous
ne l'ignorez pas, tous les grands projets. La
gloire de mon pays m'est plus chère que tous

les honneurs personnels. J'applaudis de grand
cœur à l'expédition de M. de Sartène, et je fais
des vœux ardents pour sa complète réussite.
En y réfléchissant mieux, je regrette même
qu'une souscription, une souscription nationale, n'ait pas été organisée; mais cela est
devenu maintenant inutile. Il eût été beau, en
effet, de voir une nation entière concourir à
une œuvre véritablement grandiose. Il y avait
sans doute des obstacles, beaucoup de difficultés. Où n'y en a-t-il pas ? On les aurait sur-
montés, messieurs! Une souscription, je le
répète, m'aurait beaucoup souri, en ma qualité
d'homme de progrès et de vieux libéral. Encore
un mot, un mot que vous allez accueillir avec
empressement, — je vous propose de voter des
remercîments à notre jeune et aventureux confrère.

Des applaudissements unanimes couvrirent
cette remarquable profession de foi.

M. Calvet s'approcha immédiatement de
M. Henri de Sartène, et, lui prenant amicalement la main : « Eh bien ! cher, vous voyez
que je suis votre chaud avocat. Vous pouvez
compter sur mon appui. Envoyez-moi vos
notes. J'en parlerai dans mes journaux ! C'est
entendu. »

Et ses doigts allèrent une seconde fois chercher un accord tacite dans le serrement de main
amical du futur voyageur.

— Messieurs, la séance est levée, articula le
président.

Henri de Sartène était fils d'un vice-consul
de France envoyé en 1840 à Limerick. Son
père, le baron Villars de Sartène, avait d'abord
appartenu à l'armée française. Il eut la faiblesse
d'engager sa signature pour un frère dissipa-
teur, qui le ruina à peu près complétement.
Aussi accepta-t-il, comme planche de salut, et

à l'âge de quarante-cinq ans, le vice-consulat de Limerick.

Dans cette ville, M. Villars ne tarda pas à remarquer une jeune fille de grand mérite, héritière d'un nom très-estimé, mais qui n'avait, comme tant d'Irlandaises, qu'une dot très-minime. Il était homme de cœur. Ce ne fut pas un obstacle; il l'épousa. Il en eut un seul enfant, Henri de Sartène, qui naquit en 1843.

Fort éprouvé par les luttes pénibles qu'il avait eu à soutenir, et, d'ailleurs, d'une santé très-délicate, M. de Sartène père mourut cinq ou six ans après la naissance de son fils. Il laissa une veuve, qui n'eut plus qu'une seule pensée, qu'un souhait unique, faire de son enfant un esprit véritablement distingué.

Peu de personnes étaient, du reste, mieux préparées qu'elle pour accomplir cette tâche. Elle y parvint. Elle fit pénétrer dans l'âme de son fils plus que le goût de l'étude, des principes de morale et de justice, qui ne tardèrent pas à l'élever au-dessus de la plupart de ses jeunes compagnons.

Ajoutez à cela qu'Henri de Sartène était fort bien doué. A l'âge de quatorze ans, il savait déjà quatre langues, l'anglais, le français, l'allemand et le latin. Il se voua de bonne heure à l'étude des mathématiques, de la géographie et de l'histoire. C'était à la fois un esprit souple, docile et résolu. Il suivait avec rigueur la direction de ses maîtres, et en même temps il ne cédait jamais à ses jeunes camarades lorsqu'il croyait être dans le vrai; — il voulait que son opinion primât.

Ayant atteint sa seizième année, il fut envoyé à Oxford pour y compléter ses études. Il vint ensuite en France, entra à l'École centrale et en sortit pour voyager pendant quelques mois en Amérique.

A l'âge de vingt et un ans, il avait son

diplôme d'ingénieur, et se mêlait vaillamment aux affaires. Ce fut lui qui lança une brochure très-substantielle sur le percement de l'isthme de Darien, lors des projets plus ou moins heureux de MM. Belly, Kellett et tant d'autres.

Henri de Sartène, malgré ses vingt-trois ans, n'était donc pas un tout jeune homme : — il avait vécu, il avait réfléchi, — il savait beaucoup et bien.

Lorsqu'il revint à Limerick, en 1865, il trouva, installée auprès de sa mère, une jeune personne de dix-sept ans, miss Anna Shield, cousine éloignée, qu'un deuil de famille avait, pour ainsi dire, jetée dans les bras de madame de Sartène.

Miss Anna était appelée à jouir un jour d'une fortune assez considérable. La mère d'Henri, sans attacher un prix immense aux intérêts matériels, avait évidemment conçu l'espoir de l'appeler un jour sa fille.

Deux jeunes gens qui vivent dans la même maison ont eu de tout temps certaines dispositions à se remarquer. Henri ne tarda pas à être fort enthousiasmé des charmes de sa cousine, et miss Anna ne trouvait rien au-desssus de son cousin.

Bref, on passa vite de la simple amitié à une affection qui côtoie un sentiment plus intime, plus vivace et plus profond. Les yeux se rencontraient et l'on rougissait ; les mains se touchaient et l'on frissonnait.

Un jour, notre ingénieur lisait devant sa famille une nouvelle de Dickens, — le mot amour se présenta, — il le prononça avec transport ; — le lendemain, il prit par hasard le livre, le mot était souligné, — à peine, il est vrai, — mais il l'était. Qui avait passé ce trait de crayon délicat et révélateur ? Qui ? je vous le demande. Henri le devina, mais il ne pouvait y croire ; il courut dans sa chambre,

s'enferma à double tour, se mit à pleurer,
noircit deux à trois pages, les jeta au feu, écrivit
de noûveau fiévreusement une vingtaine de
lignes, plia son papier comme un homme qui
commet un larcin, et tout en tremblant alla
furtivement glisser le billet dans un volume
que lisait Anna ; puis il se sauva, se barricada
une seconde fois dans sa chambre, et se mit
à marcher de long en large, comme le prisonnier qui médite une évasion ; — il lançait aux
murs des interjections lamentables, des phrases
incohérentes, de gros soupirs, et se disait :

— Elle ne voudra jamais de moi ! Je suis fou !

Le soir, on se revit. On n'osa pas d'abord
se parler ; Henri rougissait comme une pivoine ;
Anna baissait les yeux et ne disait mot.
Madame de Sartène comprenait tout ce petit
manége et souriait malignement :

— Allons, mes enfants, fit-elle, je vois bien
que vous êtes brouillés !

— Oh ! bien au contraire ! s'écrièrent à l'unisson les deux jeunes gens.

— Bien au contraire ! qu'est-ce à dire ? repartit vivement madame de Sartène avec un fin sourire.

— Oui, mère, reprit alors Henri, qui parvint à maîtriser son émotion, — j'ai mal agi ; je me le reprocherai éternellement ; je vous ai caché la vérité... j'aime...

— Tu aimes Anna ?

— Oui.

— Eh bien !

— Eh bien ! je crois que je lui suis complétement indifférent ?

— Et qui vous a dit cela, Henri ? répliqua timidement la jeune fille, en baissant de plus en plus les yeux.

— Mais personne ! Vous devez comprendre, ma cousine, combien je redoute de vous avoir offensée ! Combien je crains...

Et pour toute réponse la jolie petite main d'Anna alla se placer dans celle de l'ingénieur.

Dès lors le mariage fut arrêté ; seulement, il fut convenu qu'il ne serait célébré qu'à la dix-huitième année accomplie de miss Shield. Il fallait attendre plus de vingt mois ! Rêver, espérer, c'est le bonheur ; attendre, c'est la vie !

Les bouquets se mirent à pleuvoir ; les attentions délicates à assiéger la jeune fiancée ; — et que de charmantes missives lorsqu'on était séparé ! — que de délicieuses fêtes au retour !

2

III.

DÉPART DE PARIS. — CE QU'ÉTAIENT LES INGÉNIEURS
NORTON ET STEVENS.

Le lendemain même de la séance de la Société nationale de navigation, Henri de Sartène quittait Paris; il emportait avec lui une cargaison d'instruments de physique, et trois de ces lampes électriques, d'invention récente, brûlant aussi bien dans l'océan que dans l'atmosphère, et projetent au loin des gerbes étincelantes de lumière.

Trois jours après, à neuf heures du soir, i
débarquait à Limerick, se drapait dans sor
manteau jusqu'au nez, rabattait sa casquette
jusque sur ses yeux pour ne pas être reconnu
et retardé par quelque connaissance trop
empressée ; — il marcha d'un pas rapide dans
Brunswick street et William street ; tourna à
gauche, s'engagea dans Cornwallis street, s'arrêta devant une petite habitation d'apparence
modeste, fit retomber en maître le marteau
sur la porte et salua la servante de cette bonne
et amicale expression :

— Bonjour ! mère Dicket, tout va bien ici ?

— Oui monsieur Henri, répondit la vieille
Irlandaise, tout va bien. Nous ne vous atten-
dions pas sitôt. Vous trouverez là sir George
Stevens et votre M. Norton.

Les deux dames étaient assises à côté d'une
table éclairée par la lumière douce d'une
lampe ; en femmes qui comprennent le prix du

temps, malgré les deux visiteurs, elles travaillaient sans relâche à des ouvrages de couture.

A l'arrivée d'Henri, les deux étrangers se levèrent et lui tendirent amicalement la main, tandis que lui, allant au plus pressé, embrassa avec effusion sa mère et déposa un tendre baiser sur les doigts de sa cousine. Il va de soi que la cousine devint cramoisie, et reprit immédiatement son ouvrage pour dissimuler son trouble.

— Eh ! bien ! mes amis, dit-il en s'adressant aux deux visiteurs, le grand jour avance ; vous savez que dans une semaine on nous attend à Valencia.

— Dans une semaine ! reprirent les deux dames avec un sentiment de regret et d'inquiétude.

— Oui, il le faut. Au reste, tout est prêt. Nous avons un petit bâtiment dont nous serons à peu près les maîtres ; nous naviguerons dans

2.

les eaux du *Léviathan*. Toi, Norton, la Compagnie te désigne pour me remplacer au besoin; quant à l'ami George Stevens, il occupera le troisième rang. Nos chefs le veulent. Je n'y puis rien. C'est donc une affaire entendue.

— C'est bien, repartit avec rudesse Norton, — je serai là au jour indiqué.

— J'espère, dit Stevens sur un ton insinuant, que je mériterai la confiance que notre cher ingénieur en chef et la Compagnie veulent bien m'accorder.

— Messieurs, reprit vivement Henri, nous ferons tous notre devoir.

— Et notre devoir est de nous soumettre à vos ordres, continua Norton.

— Eh! messieurs, fit Henri, entre nous il n'y a pas d'ingénieurs en chef et d'ingénieurs en second.

— Cependant... c'est tout naturel, balbutia Stevens.

— Non, nous sommes trois confrères qui collaborons à une grande œuvre, et qui n'aspirons qu'à un but : le succès. Il ne faut pas penser à nous, mais à la réussite de l'entreprise.

— Sans doute, répondit sir George Stevens, c'est un véritable honneur que de coopérer à une entreprise aussi belle. Avec un supérieur tel que M. de Sartène, on est heureux d'obéir.

— Ceci est faux ! répliqua brutalement Norton, en se levant avec une sorte de fureur et en se promenant à grands pas à travers la chambre. Ceci est faux ! Il est toujours fâcheux d'être obligé d'obéir. La nature repousse la soumission. La société a créé la hiérarchie. Je l'accepte, mais elle me déplaît souverainement.

Henri ne répondit pas à cette incartade. Il avait trop de choses à dire.

Stevens se pencha du côté de madame de Sartène et lui glissa cette phrase à voix basse :

— Est-il envieux, ce Norton !

— Oui, je le crains, fit la mère d'Henri, — cependant on le dit honnête homme.

— On le dit !... reprit, sur un ton de doute, Stevens.

— Craignez-vous que mon fils ait à regretter sa présence ? continua-t-elle en baissant la voix.

— Oh ! non ! d'ailleurs, je serai là. Vous pouvez compter sur moi. Je surveillerai.

— Merci ! répondit madame de Sartène, je prends acte de cette promesse.

Quelques mots d'éclaircissement sur les deux ingénieurs à la veille d'accompagner Henri de Sartène.

L'Américain Norton, désigné pour avoir le second poste, était un excellent marin, mais un esprit excentrique, mécontent, indocile, fantasque.

Sa chevelure noire, épaisse, crépue, plantée sans ordre, lui venait jusque sur les yeux. Ses sourcils formaient une arcade sombre. Ses regards brillaient d'un feu étrange. Il était laid. Sa lèvre supérieure, très-forte, surplombait la lèvre inférieure, à peine visible. Un collier de barbe encadrait cette physionomie peu sympathique.

Son maintien était empreint d'une inquiétude vague, d'une sorte de mélancolie âpre. Sa parole, généralement rude, très-peu parlementaire, lui avait créé une foule d'ennemis. Il se vantait de dire toujours sa façon de penser, mais il était souvent d'une franchise qui confinait l'impolitesse. Paysan du Danube, il ne sacrifiait rien, absolument rien à sa toilette. Il portait une vareuse, une chemise de couleur, et couvrait sa tête d'une casquette en toile cirée. La galanterie était lettre morte pour lui. Par-dessus tout, il était libéral et démagogue enragé. Les monarchies lui paraissaient odieuses. Il aurait plus volontiers serré la main d'un

mendiant que celle d'un roi ; d'ailleurs il les
mettait sur le même pied.

Ennemi juré des esclavagistes, il s'était fait
remarquer dans la guerre civile américaine.
C'est lui qui, en pénétrant dans une ville du
Sud, s'était écrié :

« Les Confédérés doivent être traités en rois !
il faut les jeter à la porte ! »

En somme, esprit distingué, travailleur infatigable ; malheureusement c'était aussi un
cerveau brûlé, et, qui plus est, un brutal. Bien
qu'âgé de vingt-huit ans, il était emporté et
fougueux comme un étudiant.

George Stevens était la vivante antithèse de
Norton.

La nature l'avait fait aussi blond, aussi charmant, aussi recherché dans ses expressions,
dans ses manières, que son collègue était brun,
peu séduisant, gauche, incorrect et incivil.
George Stevens avait une physionomie fémi-

nine ; des cheveux fins et soyeux, ramenés avec
art sur ses tempes ; des yeux bleus un peu
ternes, ombragés par des cils longs et volup-
tueux, de magnifiques favoris, taillés savam-
ment, encadraient un visage aux lignes très-
pures. Une ride fortement prononcée déparait
seule sa beauté ; cette ride traçait un sillon
profond entre les deux yeux. Son nez, quoique
bien fait, était cependant un peu pincé ; ses
lèvres, quoiques minces, étaient gracieuses,
souriantes, parfois spirituelles. Somme toute,
c'était un cavalier accompli. Les grâces l'avaient
merveilleusement doté ; ajoutez à cela une
conversation facile, d'une irréprochable dis-
tinction.

Son expérience était nulle ; il n'avait jamais
navigué. Son instruction, peu profonde, était
cependant assez étendue. Il causait de tout
avec aisance. Son intelligence, prompte, saisis-
sait les travers, les tendances, le faible de cha-

cun, et savait parfaitement les exploiter. Ambitieux d'honneurs et de fortune, Stevens s'était, jeune encore, faufilé dans le monde élégant, où il espérait parvenir, grâce à de belles relations; sa physionomie heureuse lui avait conquis les suffrages. Les dames l'adoraient, et le camp des hommes le reconnaissait parfait gentleman. En Angleterre et en France, ce dernier titre est le meilleur des passeports; il vous permet l'entrée de tous les salons.

Tels étaient les deux collègues d'Henri de Sartène : — l'un bizarre, excentrique, l'autre la personnification de la mode et du bon ton.

Pour plus de clarté, nous copions sur les registres la page qui les concerne tous trois :

Henri de Sartène, vingt-trois ans, ingénieur hydrographe, chargé de la direction des travaux de l'*Argus*.

William Norton, vingt-huit ans, ingénieur en second.

George Stevens, vingt-trois ans, ingénieur de troisième classe, appelé en sous-œuvre à dresser les plans sous la direction de MM. Henri de Sartène et William Norton.

IV

A LA VEILLE DU DÉPART. — LE BANQUET DE
VALENCIA. — UN AVERTISSEMENT SINISTRE

Valencia, rendez-vous général des officiers,
des ingénieurs, des marins, des mécaniciens,
des industriels, des banquiers, des journalistes,
des curieux de tous les sexes ayant un intérêt
direct ou indirect à la pose du câble transatlantique, présentait, à la fin de juin 1866, le
spectacle le plus animé, le plus pittoresque, le

plus remuant, le plus affairé que l'on puisse voir.

Cette île, placée, on le sait, dans le comté de Kerry, près de la côte sud-ouest de l'Irlande, et qui d'ordinaire n'a qu'une population d'environ trois mille habitants, possédait alors plus de dix mille personnes. Des trains de plaisir avaient été organisés de tous les points du Royaume-Uni; chacun voulait assister au départ du *Great-Eastern*, emportant avec lui l'anneau nuptial du Nouveau-Monde.

Le fort, la rivière de Valencia, les baies voisines, étaient littéralement couvertes de voiles de toutes grandeurs, de milliers de canots, d'embarcations qui battaient la mer comme des estafettes un champ de bataille quelques heures avant le combat.

Sur les quais de Valencia se croisaient, sans prendre le temps d'échanger un mot, l'officier et le matelot, le capitaliste et l'ingénieur.

Nos trois jeunes gens se trouvaient naturellement au milieu de cette foule ardente sans
enthousiasme, passionnée avec calme, fiévreuse
sans chaleur.

Quelques jours après leur arrivée, eut lieu
le grand banquet. Ce banquet, dans le goût
britannique le plus franc, réunissait la majorité
des hommes distingués qui se préparaient à
prendre une part active dans la grande œuvre.

Cette immense salle avait été spécialement
décorée pour cette fête. Ce jour-là, on avait
voulu sortir des ornementations banales, et
vous allez voir si l'on y était parvenu.

Au-dessus de la table apparaissait, mysté-
rieusement suspendu dans les airs, un globe
terrestre emblématique ; de ce globe partaient
comme des fils conducteurs — des rubans de
couleurs variées, enlaçant dans leur réseau les
corps célestes qui composent le système so-
laire. C'était, pour tout dire, un peu recherché,

quelque peu difficile à comprendre; mais les Anglais excellent dans le genre indécis — genre habile s'il en fut, — qui donne lieu aux interprétations les plus ingénieuses et qui autorise les *speechs* les plus pompeusement nuageux. D'ailleurs, on lisait au-dessous, en lettres multicolores, cette inscription : *General telegraph Office*, et *Anglo-American telegraph Company*. Ceci était plus positif.

Tout autour de la salle, circulaient les fils télégraphiques, retenus à des poteaux portant des inscriptions philosophiques, plaisantes ou humoristiques, d'un goût souvent douteux. Entre autres : « Les lignes télégraphiques ressemblent aux vieilles femmes. » Devinez pourquoi ?

Et plus bas la réponse :

« C'est qu'elles bavardent sans posséder de dents... »

« Les télégraphes et les gens d'esprit se ressemblent lorsqu'ils causent : — Ils étincellent. »

On lisait aussi sur un poteau cette phrase, que nous reproduisons sous toute réserve, et que nous ne voulons pas surtout commenter :

« Si Vénus vivait encore, Vulcain ne serait plus forgeron, — il se ferait employé du télégraphe. »

Plus loin encore, cette réflexion :

« Les fleuves, a-t-on dit, sont des chemins qui marchent ; — demain on pourra s'écrier : l'Océan est une route qui parle ! »

Le couvert était splendide, — l'argenterie avait été préparée à dessein ; — les fourchettes, les couteaux, les cuillères, avaient pour manche des fragments du câble jeté sans résultat en 1858.

Un appareil télégraphique fonctionnait dans un coin de la salle ; à chaque côté de tous les convives, se trouvait un bouton qui faisait retentir un timbre indicateur.

La table principale était couverte de pièces
de confiserie représentant, au milieu d'emblè-
mes maritimes et d'électro-aimants en sucre-
ries, les navires qui allaient prendre part à la
pose du câble transatlantique, le *Great-Eastern*,
le *Neptune*, le *Terrible*, l'*Agamemnon*, le *Niagara*,
l'*Albany*, le *Medway*, l'*Argus*; ce dernier vaisseau était, on le sait, réservé à nos trois ingénieurs. Après une prière commencée par le
révérend Richard Stanton, le festin commença.

Chacun des convives avait sur son assiette
deux chefs-d'œuvre de gravure télégraphique :
l'une reproduisant les traits de la reine Victoria, l'autre le profil du président Johnson.

Le menu, fort riche, fort bien entendu, avait
été imprimé à Valencia, mais le courant électrique était parti de Paris. On avait bien voulu
rendre cet hommage à la France. L'ingéniosité
culinaire du baron Brisse avait été mise à con-
tribution ; l'honorable et grave rédacteur de la

Liberté s'était rendu trois fois au bureau de la place de la Bourse, et, après avoir échangé pour plus de huit cents francs de communications, il adressa définitivement un menu que M. Monselet a taxé lui-même de petit chef-d'œuvre. En voici un extrait :

    Potage à l'étincelle,
    Cabillaud sauce Victoria.
    Cromesquis de gibier anglais à la Valencia,
    Filets de sole à la reine,
    Jambon d'York,
    Plumpudding anglais pilé,
    Bombe électrique à la vanille anglaise,
    Chester.

Le chapitre des toasts fut naturellement réglé à Londres même. Le premier fut porté à la grande reine Victoria, le second au président des États-Unis, le troisième aux ingénieurs, à M. Cyrus Field, le quatrième au capitaine Anderson et à M. Halpin, son second ; le cinquième à l'union de l'Europe et de l'Amérique, à la

3.

Compagnie du télégraphe, — enfin, le dernier,
« *aux dames !* »

MM. de Sartène, Norton et Stevens occupaient
des places séparées par plusieurs convives ; —
les commissaires du banquet avaient tenu à ce
que les officiers et les ingénieurs fussent con-
fondus ; — il devait, en effet, résulter de ce
mélange des relations utiles pour la réussite
des travaux.

Un incident que l'on mit sur le compte d'un
loustic sombre, vint néanmoins jeter un léger
nuage dans l'esprit de plusieurs des assistants,
particulièrement d'un des voisins de M. de Sartène, et, sans qu'il consentît à se l'avouer, de
M. de Sartène lui-même.

Voici le fait : ce voisin, en dépliant sa serviette, fit tomber un papier sur lequel se trouvait cette phrase: « Monsieur Henri, défiez-vous
de votre collègue Norton ! »

Évidemment, il ne pouvait s'agir que de Henri

de Sartène. Le lugubre avertissement commençait à circuler, lorsque le jeune ingénieur arrêta par une boutade lancée d'une voix rieuse les chuchotements qui se produisaient.

Malgré toute sa force d'âme, ce billet, qui lui rappelait involontairement un noir épisode de l'histoire des Guises, laissa dans les souvenirs du jeune homme une pénible impression.

« Norton perfide ! Norton traître ! Cela lui paraissait un non-sens. Il consentait bien à juger son collègue comme un personnage emporté, bizarre, excentrique, — mais il ne pouvait se faire à l'idée que cet homme qui vous serrait la main jusqu'à la briser, pût être un misérable, un fripon, et, pis que tout cela, un traître ! Cependant l'avertissement était là, — il l'avait lu, bien lu ; — la phrase était précise, indiscutable. D'ailleurs, quel intérêt trouvait-on à le lui adresser ? Aucun. Si par hasard il s'était

trompé sur les véritables sentiments de Norton ?
Si, au lieu d'emmener un allié, un ami, un
frère, il s'était adjoint un rival, un ennemi ? —
Et cependant, se disait-il en lui-même, je me
trompe, Norton est un camarade de longue
date, il m'aime. Arrière le doute ! Je n'ai rien
appris. Je n'ai rien vu. Loin de moi l'injurieuse
méfiance. Norton restera mon second, mon
ami ! »

V

VOGUE LA FLOTTE !

Quelques jours après cette mémorable réu-
nion, le *Great-Eastern* partait aux acclamations
de la foule.

Le 13 juillet, malgré les prédictions funestes
que les fatalistes attachent à cette date néfaste,
le 13 juillet, on pratiquait l'épissure entre le
câble plongé au fond de la mer et la tête de la
ligne destinée à relier les deux mondes.

Semblable à quelque géant à la tête de sa lignée, l'immense vaisseau fendait la mer, suivi d'une dizaine de bateaux à vapeur. C'était un merveilleux spectacle ; une grande pensée partait, en effet, du côté de l'Amérique.

Que de réflexions, d'impressions et de sentiments venaient assaillir l'esprit des chefs de l'entreprise, des marins et des assistants !

L'histoire, depuis des milliers d'années, ne rapportait rien, absolument rien de semblable. Un seul fait pouvait être comparé à ce départ : celui de Christophe Colomb. Autrement jamais une flotte n'avait quitté un pays dans le but d'être utile à un autre. Peut-être certains rois ou empereurs ont-ils assuré à leurs sujets qu'en armant des vaisseaux et en se préparant à pourfendre des nations, ils rendaient de signalés services à l'humanité ; mais, si les citoyens les ont crus sur parole, ils ont commis la plus formidable bévue qu'il soit possible d'imaginer.

Depuis l'expédition des Argonautes jusqu'à celle du Mexique, j'ai beau regarder, je n'aperçois pas une seule flotte tendant ses voiles au vent sans cacher dans ses entrailles des guerriers ou de simples soldats de la ligne. La seule exception est donc en faveur du *Great-Eastern* et de ses compagnons. Gloire à lui et à eux !

En effet, qu'emportaient-ils vers l'Ouest ? A la place de batteries de canons et de boulets, des fils électriques, des bobines de câbles, des sondes, des appareils à plongeur ? A la place de soldats, des ingénieurs, des physiciens, des ouvriers, en un mot, tous ceux que l'on pourrait appeler les missionnaires, les apôtres du progrès, si l'on ne craignait d'offenser les autres. En avant ! All right ! Hourrah !

Le 14 juillet, l'*Argus* se trouvait, comme son grand compagnon, par 52° de latitude et 14° de longitude. Le temps était magnifique ; le ciel sans nuage. Le câble immergeait déjà à une distance de 135 milles de Valencia. Tout allait à souhait.

Le 22 juillet, le *Great-Eastern* naviguait déjà à 1075 milles de Valencia, par 50° 48' de latitude et 39° 41' de longitude. Le temps continuait à être des plus favorables.

Les jours suivants se passèrent sans incidents remarquables. Tout faisait présager un succès complet. MM. de Sartène, Norton et Stevens déployaient un zèle et une activité admirables.

A plusieurs reprises, Henri fut complimenté par les savants ingénieurs MM. Willoughby, Smith, Cromwell, F. Warley, Thompson, et par l'agent général de la Compagnie.

« Monsieur, lui avait-on dit, nous ne vous perdrons pas de vue ; nous vous promettons honneur et fortune !

— Je ne fais que mon devoir, avait répondu simplement le noble et modeste jeune homme.

Le même personnage s'était approché des deux autres ingénieurs.

« Monsieur Norton, nous sommes satisfaits de vous ! L'*Argus* fera bientôt une autre campagne. Non-seulement vous conserverez votre rang, mais vos appointements seront doublés. »

— Vous ferez bien, répartit l'étrange garçon, ce ne sera que justice.

« Quant à vous, monsieur Stevens, dit l'agent au troisième ingénieur, vous appartenez également de droit à l'*Argus*. Dans la prochaine entreprise que nous méditons, votre situation sera naturellement la même, mais vous pouvez compter sur notre générosité. »

A cela, G. Stevens répondit avec son plus gracieux sourire qu'il saurait attendre patiemment et qu'il se trouvait suffisamment honoré des félicitations de M. l'agent général.

— Allons donc ! s'écria Norton, que cette

réponse obséquieuse révoltait, vous êtes pétri
d'ambition ! N'y revenez pas, collègue, je n'aime
pas les gens qui promènent partout leur langue
pour s'attirer les caresses de leurs chefs ! Vous
ne valez peut-être pas mieux que moi ! Je suis
ambitieux ! Je l'avoue. Je ne crois pas que demeurer second à bord de l'*Argus* soit le comble
du bonheur. Chacun aspire à monter ! Par-
dieu !

— Mon ami, reprit Stevens, vous vous trompez du tout au tout. Je ne suis pas le moins du
monde ambitieux. La situation que j'ai me
convient.

— Ah ! par tous les diables, reprit Norton,
vous devez mentir effrontément. Sans cela, je
vous mets dans une niche et je vous adore.

— Mon cher, repartit Stevens sur un ton
d'une douceur parfaite, adorez-moi donc, car
je vous jure que je ne conçois nulle envie, nulle
jalousie ! Mon poste est, il est vrai, relativement

infime, et je crois être digne d'en occuper un
plus élevé, mais je m'en contente parfaitement.

— En attendant mieux... n'est-ce pas?

— Oh! mon ami, reprit mélancoliquement
George, je suis de ceux qui laissent sans inquiétude couler l'eau et qui savent attendre...

— Ce qui est la vertu du sage! voulez-vous
dire? Décidément, vous êtes un ange! Moi, je
ne vous vaux pas. Je vous déclare que je tra-
vaille comme un nègre pour faire une trouée,
une percée, et arriver à une situation meilleure.
Il me faut deux choses : une belle position et
de la fortune!

— Est-ce tout? fit le jeune ingénieur en souriant avec finesse.

— Et quand je désirerais plus encore! riposta
Norton ; suis-je inférieur à tous ces petits ba-
ronnets qui passent leur vie à la chasse et aux
courses! J'ai pâli sur les livres pendant qu'ils

éperonnaient leurs chevaux et dirigeaient leur meute ! Le sort est injuste, la société inepte.

Comment ! je me croiserais philosophiquement les bras et ne serais pas courroucé d'anomalies aussi scandaleuses ! Qu'arrive-t-il, en effet ? Les lords deviennent la nonchalance, la paresse et la nullité incarnées parce qu'ils sont riches ; parce qu'ils sont riches, ils sont puissants ; parce qu'ils sont puissants, ils nous gouvernent..., et parce qu'ils nous gouvernent, je peste de leur incurie, de leurs bévues et de leur ignorance, moi, homme d'action, qui sais quelque chose. Qu'est-ce que je voudrais ? posséder un jour une fortune qui m'accorderait assez de crédit pour jeter les trois quarts de ces gentilshommes à la mer ! Voilà tout !

La conversation fut en cet instant interrompue.

VI

PROJET TÉMÉRAIRE DES INGÉNIEURS.

Un canot détaché du *Great-Eastern* accosta l'*Argus*. Un marin vint remettre un pli à M. de Sartène.

— Messieurs, dit-il aux deux ingénieurs après avoir pris connaissance de la missive, cette lettre m'avertit que l'on craint un accident; depuis quelques minutes les dépêches semblent venir plus faiblement. Il faut éviter un échec.

On a recours à nous, nous devons payer de notre personne.

— En effet, un accident est ici plus menaçant que partout ailleurs, continua Norton, c'est dans ces parages que l'année dernière le fil se rompait...

— Je ne vois qu'un moyen sûr, infaillible, de bien installer le câble, reprit Henri de Sartène.

— Moi aussi, s'écria résolûment Norton, je n'en vois qu'un.

— Ce moyen, dit de Sartène, est au moins très-audacieux, vous l'avez deviné, c'est d'aller nous-mêmes poser le fil au fond de la mer, à l'aide d'appareils à plongeur.

— Mais, fit Stevens, oubliez-vous, messieurs, que les sondes accusent ici une profondeur de plus de 1000 mètres, et l'on n'a jamais dépassé 60 mètres.

— Et qu'importe ! répliqua l'impétueux Norton.

— Mais c'est un véritable voyage ! Pensez-y ! reprit Stevens, il y a ici autant de mètres au-dessous de la mer que les Grampiens en ont au-dessus.

— Oui, je ne l'ignore pas, dit Henri, aussi j'irai seul, je ne force personne à me suivre.

— Comment, s'écria Norton, vous partiriez sans nous ! Je m'y oppose formellement. Je suis de l'expédition. Nous ferons en quelques heures plus de découvertes que tous les académiciens réunis. Quel triomphe !

— Mais songez, messieurs, au poids formidable qu'il nous faudra pour nous maintenir à une aussi grande profondeur sous-marine, reprit Stevens. Le matelot qui nettoie la carène d'un navire, à quelques brasses de la surface de l'eau, emporte un lest d'environ 8 kilogrammes.

— J'y ai déjà réfléchi, répondit Henri ; il nous

faudra un poids de plus de 500 kilogrammes.

— Mais alors, c'est insensé ! Comment pourrez-vous faire un pas avec un pareil fardeau ?

— Stevens, vous ne raisonnez pas, repartit sérieusement Henri, je vous renvoie à votre physique, à vos mathématiques et au simple bon sens ; vous devriez savoir que ce poids formidable sera contrebalancé, et à 1,000 mètres au-dessous de l'Océan nous marcherons aussi légèrement avec nos 500 kilogrammes que sur le pont de ce navire avec nos souliers et nos habits.

— Et c'est élémentaire ! s'écria de nouveau le fougueux Norton ; que de belles et magnifiques trouvailles nous allons faire ! que de richesses doivent être enfouies dans ces profondeurs ! qui nous dit que nous n'allons pas découvrir le fameux serpent de mer, et, comme Giliatt, lutter corps à corps avec la pieuvre de Victor Hugo ! A quand le départ ?

Décidément, quel sera le moment du départ pour notre voyage sous-marin? reprit avec insistance Norton.

— Quand vous voudrez, répondit de Sartène. Mais vous ne dites rien, Stevens : feriez-vous défection?

— Non, monsieur, je vous accompagnerai, fit froidement le jeune ingénieur.

— Messieurs, c'est donc une affaire entendue, nous nous mettrons à l'œuvre demain. Comme l'a dit Norton, nous naviguons depuis quelques heures dans les parages qui présentent le plus de périls pour la réussite de l'entreprise. Presque partout le lit ᵤe l'Océan est uniforme. On ne signale au milieu de l'Atlantique ni ressauts subits, ni faille, ni arrachements abrupts; aussi était-ce une utopie qu'une suite de vigies qui permettraient de poser le câble comme d'un poteau à un autre. Néanmoins, dans la région que nous parcourons, le lit de la

4

mer n'est pas d'une égalité parfaite. Sa profondeur est assez variable. On peut en conclure
que le câble repose sur des sommets, escalade
des vallées et fait des pas de géant à travers le
fond de l'Atlantique. Sa pesanteur peut devenir une cause de rupture. Figurez-vous un
pareil fil allant du mont Blanc au mont
Saint-Bernard, du mont Saint-Bernard au
mont Rosa, et chevauchant sur les crêtes des
plus hautes montagnes. Tel doit être le
câble.

— C'est juste, dit Norton, et l'attraction terrestre jointe au poids est un immense danger
pour le câble.

— Prévoyant un accident possible, reprit de
Sartène, nos collègues du *Terrible*, du *Niagara*
et de l'*Agamemnon* sont prêts à faire comme
nous. Au reste, nous pourrons bientôt chanter
victoire. A quelques centaines de kilomètres de
l'Amérique, il n'y aura plus rien à craindre.

Vous savez, en effet, que dans le voisinage des continents la mer est relativement peu profonde. Un géant, monté sur des échasses, pourrait passer à gué la Manche et se promener autour de l'Irlande et de la Grande-Bretagne à cinquante lieues du littoral. Pour Terre-Neuve, mêmes lois. A partir de 51° de longitude, le lit de l'Océan s'élève progressivement comme les gradins d'un temple. A quelques milles de Trinity-Bay, la pose du câble ne sera plus qu'un jeu. Voulez-vous une preuve? C'est la réussite complète, rapide, de toutes les lignes sous-marines dans les mers peu profondes et voisines de la terre ferme. Voici cinq ou six ans que l'on s'occupe sérieusement de coudre entre eux tous les pays comme les morceaux du même habit, et l'Angleterre est déjà reliée huit fois au reste de l'Europe.

— Mais, reprit Stevens, je ne sache pas que l'on ait usé d'appareils à plongeur pour aucune de ces opérations. Ce que vous voulez tenter est une innovation téméraire !

— Monsieur, si l'on n'avait jamais innové, on en serait encore à l'époque heureuse où l'on mangeait avec les doigts, sans se soucier des fourchettes et des cuillères. L'innovation, c'est la guerre ouverte, déclarée, à la routine, et, j'avoue mon faible, cette guerre qui, à la place de sang, verse des capitaux, me séduit et me passionne. Au reste, je vous le répète, vous êtes libre de demeurer sur le pont du navire à fumer paisiblement votre cigare ; seulement nous sommes en droit de mettre en doute votre bravoure.

— Eh ! monsieur, je vous accompagnerai, je l'ai dit... Je ne suis pas un lâche.

— N'en parlons plus. Tenons-nous prêts pour demain matin.

Le jeune ingénieur serra la main de ses deux collègues et se retira dans sa cabine.

VII

PRÉPARATIFS DE DÉPART POUR UN VOYAGE COMME ON EN FAIT PEU

— Allons, Jack! allons, père John! préparez les appareils à plongeur. Visitez les réservoirs, graissez les pompes. Faites vite. Le temps presse. Il nous faut partir à huit heures! Quant à toi, l'ami Dick, tu veux nous accompagner; à merveille! Un brave de plus, et la victoire ne sera que plus vite gagnée. Tu prendras les lampes, c'est convenu!

4.

Ainsi parlait M. de Sartène. Il était cinq heures du matin. Le pont du navire était couvert de cordages, de tubes énormes, de pompes, de mannequins aux formes les plus incroyables. Matelots, mousses, mécaniciens travaillaient, s'agitaient comme les abeilles d'une ruche. L'un frappait à coups de marteau, l'autre faisait grincer le fer et le cuivre sous la dent de la lime, celui-ci nouait les cordages, celui-là les goudronnait.

Henri excitait le zèle des ouvriers, touchait amicalement l'épaule de Peters, encourageait le bonhomme Jack, donnait un ordre au compère John, faisait une recommandation au matelot Dick, qui, en sa qualité de maître d'équipe et de compagnon des ingénieurs, allait de droite, de gauche, comme un homme prodigieusement affairé.

Norton se promenait les mains derrière le dos, insoucieusement, jetant quelques phrases à ses collègues, mais s'occupant à peine du périlleux voyage qu'il allait bientôt entreprendre. Un Américain de sa trempe n'était pas ému pour si peu. Il avait sous le bras deux journaux, le *Times* et l'*Indépendance belge*, et s'arrêtait de temps à autre pour les lire.

La plupart des passagers étaient sur le pont; Stevens n'avait pas encore paru. A six heures du matin on le vit enfin, la physionomie plus gracieuse qu'aux meilleurs jours; la moustache bien cirée, les favoris admirablement peignés, en un mot, irréprochable.

— Voilà, dit-il, en s'approchant d'un des ingénieurs en chef de la Compagnie, voilà un grand jour pour nous! Je me fais réellement une fête de descendre dans ces abîmes. Ce voyage-là est cent fois plus attrayant que toutes les explorations terrestres! Ah! çà, quand partons-nous?

— Dans deux heures, répondit le matelot

Dick, qui avait saisi au vol la demande.

— Parfait, parfait, fit Stevens ; et tu nous accompagnes ?

— Oui, reprit Dick, en qualité d'éclaireur et de porte-lanterne.

— Très-bien ! très-bien ! parfait ! parfait ! repartit Stevens, qui, dans ces monosyllabes, cachait mal son émotion.

En cet instant, l'Américain Norton, qui arpentait en tous sens le navire, se trouva face à face avec le jeune ingénieur.

— Eh bien ! dit-il en souriant, êtes-vous plus rassuré qu'hier, collègue ?

— Comment donc, monsieur, répliqua froidement Stevens, mais je suis enchanté de prendre part à une œuvre fort belle et, somme toute, entourée de toutes garanties. Les dangers ne sont qu'apparents !

— Eh parbleu ! Enfin, vous voilà convaincu.

A propos, savez-vous la nouvelle ? la grande
nouvelle ?

— Non.

— Les Autrichiens sont battus.

— Les Autrichiens !... fit George, comme s'il
sortait d'un rêve.

— Mais oui, les Autrichiens ! On dirait, mon
cher, que vous vivez sous l'eau depuis dix
mois. Ne savez-vous pas qu'on s'étrille en Allemagne et en Italie ?

— Ah ! oui, oui.

— Eh bien ! les Autrichiens ont essuyé une
défaite complète en Bohême. Ils sont en pleine
déroute. Le fusil à aiguille fait merveille. Pour-
vu qu'il sorte de ce galimatias quelque chose
de bon pour la liberté !

Le blond Stevens, peu ému des grands com-
bats dont l'entretenait son compagnon, regar-
nait à la dérobée sa montre, et, tout en la

voyant marcher, sondait d'un œil défiant les immensités de l'Océan, au milieu desquelles il aurait bientôt à voyager.

— Eh bien! collègue, s'écria tout à coup Norton, avez-vous essayé votre mannequin? On y glisse comme dans un gant. Le mien me va à ravir! Quelle promenade nous allons faire! Je m'inscris pour une conférence au cercle de la rue de la Paix; sujet de l'entretien : Voyage à 3,000 mètres au-dessous de la mer! Grand succès! Salle comble par exception!

— Mon cher ami, répondit Stevens, j'attends le moment venu. Il n'est encore que sept heures du matin; nous partons à huit. Dans trois quarts d'heure j'endosserai le costume de plongeur. Je ne vois aucune utilité à me fatiguer d'avance.

— J'aime trop l'indépendance, mon ami, pour vous empêcher toute liberté d'action. A votre fantaisie.

Les ingénieurs se promenèrent ensemble sur le pont du navire, surveillant de minute en minute la marche des travaux préparatoires.

VIII

ADIEUX AU MONDE DE L'AIR

— Messieurs, dit d'une voix calme M. de artène, le temps presse. Nous n'avons plus que vingt minutes pour faire nos adieux au monde.

Il s'écarta alors de quelques mètres de ses compagnons et se recueillit; on le vit plier un genou sur un des bancs du navire, incliner la tête dans une muette contemplation, puis jeter un regard profond du côté de l'Europe, c'est-à-

5

dire adresser une prière mentale à Dieu et un dernier sourire à ceux qu'il aimait.

Stevens l'imita; il lança sa cigarette par-dessus le bord, et, sans s'éloigner beaucoup des ouvriers, s'agenouilla, et parut s'ensevelir dans l'adoration du Très-Haut.

Quant au citoyen de la libre Amérique, il acheva consciencieusement sa pipe, relut un passage du *Times*, et, tout d'un coup frappant assez brutalement sur l'épaule du matelot Jack :

— Ah ça! fit-il, l'heure approche! père! L'heure s'écoule! Nous perdons du temps. Mets-moi de nouveau ma casaque !

— A votre volonté, mon ingénieur, répondit le père Jack. Je graisse les garnitures et je suis à vous.

Obéissant aux ordres qui lui avaient été donnés, le vieux matelot aida Norton à revêtir d'abord l'habillement en caoutchouc, vêtement imperméable s'adaptant au corps, un peu à la manière des maillots de théâtre.

Bientôt l'intrépide Yankee apparut à moitié préparé à l'immersion, revêtu du costume jusqu'à la tête.

— Allons, Jack, dispose avec soin la collerette, dit Norton, ne serre pas trop, je ne tiens pas à être étranglé comme un pendu.

Le matelot passa l'élastique autour du cou. précaution indispensable, car, sans cette collerette prévoyante, l'eau pénètrerait infailliblement dans le corps.

— Il s'agit maintenant, pour compléter le déguisement, de chausser ces jolies pantoufles de Cendrillon, continua Norton, en désignant d'énormes souliers, à la semelle desquels était rivée une plaque énorme de plomb.

Les chaussures mises, le matelot s'apprêtait à lui adapter le pince-nez, à visser les conduits d'air, à revêtir la tête de l'énorme masque, lorsque Norton l'arrêta d'un geste et s'écria :

— Ah ça ! citoyens mes frères, vous ne marchez pas ! Je suis seul à me livrer au bourreau pour la fatale toilette. Je déclare que je ne prends pas le capuchon avant de vous contempler dans vos costumes.

Sartène fit comprendre par un mouvement de main à son trop impétueux compagnon qu'il allait immédiatement revêtir l'appareil de plongeur. Il donna quelques ordres, et, s'adressant au caissier du bord, vieux routier d'une probité éprouvée :

— Mon ami, lui dit-il à voix basse, prenez cette lettre : elle renferme mes dernières volontés. Je n'ai certes pas d'appréhensions, de funestes pressentiments, mais, dans le cas où je ne reviendrais pas victorieux de notre entreprise, vous déposeriez ce pli entre les mains de ma mère.

— C'est bien ! monsieur, répondit le vieux

marin, ce que vous ordonnerez sera fait, je
vous le jure.

— Veuillez maintenant, mes amis, dit alors
Henri de Sartène avec une exquise bienveillance, veuillez me préparer le plus vite possible à notre voyage sous-marin.

Marins et matelots se mirent en devoir d'ha-
biller, suivant les règles, l'excellent jeune
homme.

— Eh ! palsembleu ! je ne vois plus Stevens,
s'écria tout à coup Norton ! le poltron a disparu ! Je me doutais qu'il cachait quelque
adroite sortie. Allez chercher Stevens ! Ce gail-
lard-là, avec ses belles manières et sa haute
prudence, nous fera manquer l'heure du bain.
Allez donc chercher Stevens ! Je suis attaché
au sol comme une statue avec ces maudits es-
carpins. Je ne puis raisonnablement courir
avant d'être au fond de l'eau ! La théorie d'Ar-
chimède le veut. Le coquin s'en doute et s'es-

quive! De grâce! allez chercher Stevens! Ra-
menez-le mort ou vif!

Deux minutes ne s'étaient pas écoulées que
Stevens revenait de son plein gré, le sourire
aux lèvres et comme un homme parfaitement
résolu ; il se livra aux costumiers, c'est-à-dire
aux matelots chargés d'apprêter les appareils ;
pas la moindre inquiétude ne parut se manifester sur sa physionomie. Il était évidemment
maître de lui ; son âme avait su dompter, du
moins en apparence, toute pensée d'effroi.

— Mon ami, lui dit Norton, décidément je
vous ai mal jugé. Je vous prenais pour un poltron ; vous êtes un brave! Il faut que je vous
serre la main.

Stevens donna une poignée de main à son
camarade, mais ne répondit pas un seul mot.

Il y eut un moment de silence.

— Ma foi, s'écria tout d'un coup Norton en
se frappant le front, il me vient une pensée na-

vrante : ma vie touche peut-être au moment suprême : tous mes projets vont s'engloutir au fond de ce maudit gouffre. L'existence n'aura été pour moi qu'une duperie !

— Auriez-vous peur, courageux défenseur de l'indépendance américaine ? répartit Stevens avec ironie.

— Peur ? Par tous les diables, certes non ! mais, apprenez-le, l'ami, j'ai dans le crâne quelques grandes pensées qui n'ont pas encore pris racine dans l'esprit des autres. Si tout va bientôt finir, ce qui peut bien être, je n'aurai pas semé le germe de mes doctrines, et je souffrirai cruellement de n'avoir été bon à rien pour mes semblables, emprisonnés pour la plupart par le cagotisme !

— Mon cher ami, dit assez séchement Henri de Sartène, qui n'avait pas perdu un seul mot de cette boutade, vos semblables ont heureusement de saines doctrines adoptées depuis

des siècles ; ils ne changeront pas pour les
vôtres.

— Eh ! c'est présisement ce que je ne veux
pas ! exclama le bouillant Américain. Il ne faut
pas que, sous le fallacieux prétexte d'une tradition inviolable, on laisse pourrir le bon peuple dans l'ignorance de ce qui est.

— Norton ! reprit de nouveau Henri de Sartène
avec une certaine amertume, gardez, je vous
prie, vos raisonnements matérialistes pour vous
et ne venez pas choquer les opinions des autres.
Au nom de l'indépendance, laissez-nous libres
de suivre notre religion. Stevens et moi, nous
sommes chrétiens. Si vous ne croyez à rien,
nous avons la consolation de croire. Brisons là.

— Ah ! Diavolo ! exclama Norton, singulièrement piqué, je ne vous croyais pas de l'étoffe
des cadets de l'inquisition. Je n'ai pas l'intention de faire réfléchir le genre humain, qui se
cabre devant la vérité comme un cheval vi-

cieux, mais, apprenez-le, mon jeune ami, si
vous êtes notre chef pour les opérations du métier, vous êtes encore à l'école en fait de philosophie naturelle! Vous avez peut-être beaucoup étudié la mécanique, l'hydrographie,
la physique, mais vous me paraissez d'une assez grande médiocrité en ce qui touche la pensée elle-même. Sachez-le une bonne fois, je
n'aime pas que l'on me coupe la parole, et si
j'exécute vos prescriptions scientiques, parce
qu'il le faut, je ne m'abaisserai jamais, enten-
dez-le bien, à incliner mon pavillon devant votre
arbitrage philosophique. Rien ne m'y oblige :
j'ai pour moi l'expérience de la vie et des
hommes. Je vous prie de vous en souvenir.

Ces paroles furent pour ainsi dire martelées.
L'inoffensif Henri les reçut comme une bordée
de mitraille. Il ne tenta pas de reprendre une
discussion qui, avec un esprit absolu comme
celui de Norton, devait infailliblement dégéné-

5.

rer en dispute. Il préféra laisser tomber l'offense que de la relever. Une injure qui reste sans riposte est une balle morte. D'ailleurs, le plus pressé n'était pas là.

— Oh! mon cher Norton, fit Stevens, vous ne savez pas apprécier notre excellent ami de Sartène.

— Eh! repartit l'Américain avec rudesse, j'estime ceux qui réfléchissent.

Henri continua à revêtir le costume de scaphandre; il comprit qu'avant de quitter ses compagnons, il devait leur adresser quelques paroles amicales. En sa qualité de commandant, il ne pouvait raisonnablement faire des excuses à Norton; il se sentait fort de son bon droit, et une avance directe eût singulièrement ressemblé à une abdication de principes. Il ne le voulait certes pas. Son cœur élevé, ses généreux sentiments le servirent mieux que toutes les combinaisons. L'esprit qui suit sa pente est

encore le diplomate le plus subtil. Henri obéit
à la douce voix qui parlait en son âme, et, s'a-
dressant à ceux qui l'entouraient :

— Messieurs, leur dit-il, si je vous ai jamais
blessés, pardonnez-moi, car je vous estime et
je vous aime. Nous entreprenons un voyage
qui marquera dans l'histoire de l'hydrographie
et de la télégraphie. Qu'importe si nous mou-
rons ! L'homme n'est grand que par le dévouement ! C'est la première fois qu'on tente de
s'avancer aussi profondément, sous la surface
de la mer. Tant mieux ! nous serons des novateurs ! C'est toujours à la remorque d'une innovation hardie que se propagent les applications
les plus profitables à l'humanité.

Mes chers amis, mes dignes collaborateurs,
je vous tends cordialement la main. Que votre
esprit ne conserve aucun ressentiment. La
haine qui tue l'âme est plus redoutable que la

mort! Maintenant, à l'œuvre, confions-nous en
Dieu, et bonne chance!

De Sartène serra fraternellement la main de
ses compagnons.

— Et toi, continua-t-il, mon brave Dick, toi
qui as choisi la charge la plus difficile, toi qui
va nous porter la lumière au fond de l'Océan,
je veux aussi presser ta main laborieuse.

Le vieux marin, qui avait voué au jeune ingénieur plus que de l'amitié, mais cette espèce
de culte que les gens du peuple refusent rare-
ment à la précocité du savoir allié à l'élévation
des sentiments, embrassa la main de M. de
Sartène avec une affectueuse vénération.

—A la vie, à la mort, mon cher maître, dit-il.

— Allons, matelots, faites votre devoir! s'é-
cria Henri, en parodiant d'une façon quelque
peu sinistre le mot souvent prononcé par le
pauvre soldat au moment où les carabines s'a-
baissent pour le fusiller.

IX

SOUS LA MER

Quelques minutes après, les passagers de
l'*Argus* avaient sous les yeux un spectacle
qu'il était impossible de considérer sans une
sorte de stupeur.

Revêtus de leurs appareils, les épaules portant la chambre à air, la tête entourée d'un
casque étrange, le corps fixé au sol par l'énorme
lest destiné à équilibrer la force expansive de

l'air, rangés les uns à côté des autres sur le
rebord extérieur du navire, immobiles, forcément silencieux, la hache à la ceinture, sauf le
matelot Dick, qui portait la lampe, les quatre
voyageurs ressemblaient à des chevaliers fantastiques, ou plutôt à des ombres de preux
surgissant du sein des flots.

Les vagues, qui, sous le souffle d'un vent
d'ouest assez vif, venaient déjà caresser les
jambes des quatre scaphandres, semblaient
dire :

« Nous voulons reconnaître notre proie avant
de la dévorer ! »

Cette scène effrayante commençait à peine,
et les ouvriers les plus endurcis se sentaient
émus, bouleversés, impressionnés jusqu'aux
larmes.

Chacun aspirait à ce qu'un empêchement
imprévu vînt détourner les malheureux de
cette tentative surhumaine : descendre à plus

de mille mètres au-dessous du niveau de la mer !

Tout à coup on entend le jeu régulier des soupapes de la pompe, semblable à une sorte de hoquet d'agonisant. Les tuyaux se gonflent, et par leur tension progressive on peut suivre le passage de l'air se rendant sans interruption jusqu'aux appareils. D'un autre côté, les chimistes font marcher les piles, et par instants, la lumière étincelle dans la lanterne que porte le matelot Dick ; déjà l'on saisit distinctement le bruissement des charbons.

Chaque plongeur est non-seulement relié aux pompes à air comprimé par les tuyaux aboutissant aux boîtes dorsales (1), mais un cordon télégraphique passé à leur ceinture est

---

(1) Un tuyau de respiration part en outre de cette chambre et se termine par un ferme-bouche fait d'une feuille de caoutchouc qui s'applique entre les lèvres et les dents du plongeur.

destiné à donner au besoin l'alarme. Cette précaution, d'une utilité évidente à peu de profondeur, ne sera-t-elle pas illusoire lorsque les
scaphandres auront franchi la première zone?
Comment prévenir un accident, s'il venait à se
produire à quelques milliers de mètres au-dessous de la mer!

— Tout va bien! dit le quartier-maître
chargé de la surveillance difficile de ce départ.
Attendons le dernier signal des ingénieurs!

Il est convenu, en effet, que, si les tuyaux
fonctionnent parfaitement, les voyageurs, les
uns après les autres, lèveront la main droite,
sorte d'adhésion muette, comme dans un de
ces votes solennels du conseil des Dix. Quatre
bras se levèrent! Rien ne s'opposait donc plus
à cet acte de résolution suprême, l'immersion!

Une longue échelle de corde, chargée de
poids, est solidement attachée au navire et se

développe au loin sous les flots. C'est par cette
voie que les scaphandres vont bientôt disparaître.

L'un des ingénieurs, sans doute M. de Sartène (car sous leur bizarre accoutrement on
pouvait aisément les confondre, met le pied
sans hésitation sur un des échelons et descend
rapidement.

Il y eut un moment terrible : celui où on le
vit s'enfoncer et disparaître enfin complète-
ment. Une sorte de remou agita les eaux. Ce
fut tout. Une grande lame passa, et rien ne
put révéler s'il y avait au-dessous un malheureux vivant ou mort.

Ce fut ensuite le tour des deux autres ingénieurs, puis en dernier lieu du matelot Dick.

La mer s'ouvrit et se referma sur eux avec
ce majestueux dédain qu'elle met à abattre le
tas de sable élevé par l'enfant sur la grève.

L'émotion, pour ainsi dire comprimée, retenue par la présence de ceux qui allaient combattre le terrible élément, éclata dès lors sans contrainte ; les passagers, qui avaient contemplé cette scène déchirante presque dans le recueillement, s'élancèrent d'un accord tacite du côté où l'océan venait d'engloutir les quatre audacieux voyageurs.

Quelques bulles d'air apparurent à la surface de l'eau : ce fut le seul indice du passsage des scaphandres ; le regard chercha vainement à pénétrer les profondeurs de la mer. Mais rien, absolument rien que des ombres mal définies, que l'on crut apercevoir plutôt qu'on ne les vit. Il se fit alors un silence de mort dans l'équipage. Tous les cœurs étaient serrés. L'imagination faisait entrevoir ce que les yeux ne pouvaient discerner. En face de chaque esprit, se dressait le spectre d'un de ces hommes à l'instant même si pleins de vie.

Deux, trois heures se passent! Les pompes

font toujours entendre leur bruit monotone, cadencé, cette espèce de souffle pénible, haletant, qui met en communication directe, incessante au moins par la pensée, avec les plongeurs. Dans quels parages sous-marins errent-ils ? Bien entendu, des opinions contraires sont émises à ce sujet. Les uns assurent qu'ils se sont portés vers le nord, d'autres du côté du midi. Un matelot, placé en vigie sur la hune, prétend avoir aperçu une gerbe de lumière qui, partie comme un éclair des régions inférieures, s'est brisée à la surface des ondes. Un ouvrier affirme avoir également distingué une traînée de bulles d'air dans la direction du nord-ouest ? Mais, conjectures peut-être que tout cela. Le temps marche et le silence le plus absolu plane sur les voyageurs. L'anxiété est toujours aussi générale, aussi poignante.

Tout d'un coup la sonnette d'alarme se met à tinter. Éperdus, interprétant le sens sinistre

de ce battement affolé de la sonnerie, les passagers courent de l'arrière à l'avant, sans savoir
que faire. Portez-leur secours ! s'écrie une voix
généreuse. Mais comment ? pensent les matelots. Le tintement, sorte de glas funèbre, per-
siste. Chacun croit entendre les dernières pul-
sations du cœur d'un mourant. Le drame qui
doit se dérouler, on l'a pour ainsi dire sous les
yeux, à sa portée. L'impuissance où se trouve
l'équipage de répondre à ce véritable cri de
détresse consterne, exaspère. Qu'un homme
tombe à la mer, vingt marins, au péril de leur
vie, se précipiteront pour le sauver, — mais ici
tout dévouement devient impossible. Il faut
donc se croiser les bras et attendre.

— Et ne pouvoir rien faire ! s'écrie le quartier-maître en se prenant la tête dans les
mains.

Un matelot jette à la mer un câble. Qui sait,
dit-il, si cette corde ne tombera pas à côté de

l'infortuné qui demande du secours. Mais cette chance peu probable ne rassure personne.

Une minute s'écoule au milieu d'une perplexité inouïe : la sonnerie électrique cesse subitement de tinter.

Tout est peut-être fini! se disent alors les passagers, qui baissent la tête comme devant un arrêt terrible, irrévocable, de la destinée.

On n'ose plus se parler, on regarde de toutes parts avec anxiété la surface de la mer comme pour lui demander raison de l'événement tragique qui vient d'avoir lieu.

— Eh ! là bas ! Jack, vois donc ! s'écrie tout d'un coup un matelot, ne distingues-tu pas à trois cents mètres par babord une sorte de jet d'eau entre les vagues ?

— Si fait ! on dirait que la mer est soulevée !

— Oui, observe un autre marin, ça ressemble à une véritable source qui bouillonne !

— Une source ! reprend Jack ! non ! non ! mes enfants, malheureusement non. Pas possible ! Trop de profondeur ici !

— Mais, père Jack, ça n'a rien de commun avec les plongeurs ! fait un pilotin.

— Je le voudrais, mais je ne l'espère pas !

— Eh ! par Dieu ! reprend le pilotin, c'est tout bonnement un marsouin !

— Mon fils ! continue le vieux matelot, ce n'est certes pas un marsouin ! Je connais l'espèce pour l'avoir rencontrée plus d'une fois ! Les marsouins ne restent pas en place comme ce maudit jet d'eau ! Cette gerbe a plus de rapport que tu ne crois avec le tintement de la sonnerie.

— Ma foi, père, repartit le pilotin, vous êtes alors bien habile.

— Habile ou non, je ne me trompe pas ! Eh par Dieu ! j'aperçois, il me semble, ballotté par les vagues, une espèce de tuyau noir !

— Qu'est-ce donc ? firent les matelots.

— Mes amis, reprit tristement le père Jack, je devinais juste : ceci est le billet de faire part d'un de ces pauvres messieurs ! C'est le bout de la conduite d'air qui a été coupée, peut-être par quelque requin ! Et ce que vous prenez pour une source n'est autre que l'air qui s'é-chappe du tuyau.

Cette nouvelle, si facile à traduire, se répan-dit immédiatement. Toutes les lunettes se braquèrent sur le même point, et il fut avéré que le matelot Jack ne se trompait pas.

Une demi-heure après, trois ombres apparu-rent assez distinctement dans le sens même de l'échelle de corde. Tous les yeux, tournés au-paravant vers le tuyau, dont l'extrémité émer-geait, se portèrent vers les scaphandres qui s'apprêtaient à remonter. On oublia une mi-nute le malheureux qui, suivant toute pré-somption, manquerait à l'appel, pour se réjouir du retour de ses compagnons. C'est ainsi qu'au lendemain d'une bataille les survivants font oublier les morts.

— Ah ! s'écria le quartier-maître, l'ami Dick nous revient sûrement ! Je distingue la lumière électrique.

En effet, quelques minutes après, Dick sortait des flots et montait rapidement sur le pont.

Inutile de dire quelles félicitations il reçut ! On lui ôta son masque, et chacun fut alors frappé de sa physionomie défaite, consternée.

— Eh bien ! que s'est-il passé ? s'écrièrent plusieurs passagers. Revenez-vous tous ?

— Non, répondit froidement Dick, l'un des nôtres n'est plus !

— Lequel ? dit une voix.

— Je ne le sais pas encore.

— Avez-vous été témoin de la mort de cet infortuné ?

— Non, pas précisément, répondit avec une sorte d'hésitation le vieux marin, mais ce que je puis assurer, c'est que le malheureux ne reparaîtra plus parmi nous.

— Mais quelle est la cause de l'événement? reprend avec insistance le capitaine.

— Je ne puis le dire, je ne le sais! J'ai vu tant de choses se dérouler devant moi, que je crois être encore sous l'influence de quelque rêve. Ne m'interrogez pas davantage!

— Il faut absolument nous parler! fit avec énergie le capitaine, absolument!

— Tout à l'heure! pas maintenant! De grâce, je suis encore trop troublé, trop impressionné!

Puis, s'approchant très-près de son chef, il lui glissa ces mots à voix basse :

— Ne m'interrogez pas davantage, je vous dirai tout, mais à vous seul! J'ai des révélations terribles à faire. Un crime épouvantable a été commis!

6.

— Allons, messieurs, dit alors le capitaine en réprimant un mouvement instinctif d'horreur, le père Dick a en effet besoin de repos. Laissons-le tranquille. Tout à l'heure il nous parlera.

Sur ces entrefaites, les deux voyageurs sous-marins apparaissaient à la surface de la mer. On les entoura avec empressement, on les reconnut, c'étaient Norton et Stevens.

Henri de Sartène, le premier, le plus savant et peut-être le plus modeste des trois ingénieurs, avait donc succombé. Il n'y eut qu'une voix pour déplorer la fin de cet excellent et courageux jeune homme, qui, par l'élévation de son caractère, par ses aspirations généreuses, avait su se concilier la sympathie universelle.

— Messieurs, dit le capitaine, la mort de notre ami de Sartène est un deuil pour tous; c'était un bon et vaillant esprit. Il a expiré au champ d'honneur; il fut grand par le cœur !

Son nom demeurera attaché à l'une des œuvres capitales du siècle !

— Comment annoncer cette fatale nouvelle à sa mère ? firent alors plusieurs matelots qui connaissaient la tendresse unissant madame de Sartène et son fils.

— Et dire, reprenait le quartier-maître, que le pauvre garçon a eu le premier la pensée de tenter ce voyage maudit.

Chacun faisait à sa manière son oraison funèbre.

Les marins disaient tout haut, sans se soucier des oreilles qui pouvaient les entendre : « Il aurait mieux valu que ce fût un autre ; c'était le meilleur des trois ! »

Norton et Stevens pendant ce temps se débarrassaient de leurs costumes, de leurs masques et se trouvaient, pour ainsi dire, rendus à la parole.

— Comment ! fit Stevens, notre ami n'est pas revenu ? Aurait-il péri ?

— Vrai, je me doutais d'un malheur ! s'écria Norton, il y a près de trois quarts d'heure que je l'ai perdu de vue. Le pauvre diable n'a pas eu de chance de nous entraîner dans cette expédition ! Nous en voilà sortis, la besogne faite, tant mieux pour nous !

— Oh ! quel affreux malheur ! Il était si aimé, reprit Stevens.

— Mon bon, c'est le sort des batailles ! répliqua avec dureté Norton. Aujourd'hui lui, demain nous !

Le capitaine du bord s'approcha des deux ingénieurs, les salua sans affectation et leur dit :

— Messieurs, vous voudrez bien nous rendre compte des travaux auxquels nous nous intéressons si vivement. Il est probable que grâce à votre courage le câble ne court maintenant

aucun risque. On vous doit des remercîments
pour votre belle conduite.

En prononçant ces derniers mots, qu'il
scanda avec intention, il cherchait à découvrir
sur la physionomie des deux hommes quelque
trace de trouble, quelque indice révélateur!
Un compliment qui tombe à faux est d'ordinaire la plus sanglante des ironies.

— Rien, rien, pensa-t-il. Dick serait-il le
jouet de quelque hallucination?

6.

TERRIBLES RÉVÉLATIONS DU MATELOT DICK

A peine le capitaine était-il rentré dans sa cabine que se présenta le matelot Dick. Sa figure révélait encore la plus violente émotion.

— C'est une histoire horrible, dit-il, que celle que je vais vous raconter. Lorsque je songe à ce que j'ai vu, je frémis de la tête aux pieds.

Permettez-moi de vous tracer les premiers épisodes de notre voyage; j'arriverai bientôt au drame épouvantable dont j'ai été témoin;

dussé-je vivre cent ans, je ne l'oublierai pas.

Parvenus à une centaine de brasses au-dessous du niveau de la mer, la nuit commença à se faire autour de nous; nous entrâmes d'abord dans une espèce de crépuscule rougeâtre, puis les eaux parurent s'épaissir; tout devint sombre; nous fûmes définitivement environnés de ténèbres comme dans une nuit profonde! A droite et à gauche, nous distinguons de véritables nuages phosphorescents d'un rouge livide, roulant sur eux-mêmes, et qui n'étaient sans doute que des amas d'animalcules!

Emportés par notre poids, nous descendons toujours: d'énormes poissons, des serpents, des salamandres, surpris de voir leur demeure envahie, prennent la fuite et glissent autour de nous. Que d'impressions! J'ai vu des monstres hideux, aux formes inconnues dans les zones plus hautes de l'Océan.

Plus nous nous enfonçons, plus la végétation diminue. Bientôt, ce ne sont plus que de
longues herbes, semblables à des filaments, et
qui coupent l'eau comme une toile d'araignée.

Sur certains points, mes pieds touchent de
véritables citadelles de coraux; nous nous
écartons et nous n'avons plus de nouveau au-
dessous de nous que le vide.

Enfin, nous trouvons le câble; il était, en
effet, à moitié brisé. La communication n'aurait pas tardé à être complétement interrompue; nous soudons solidement les fils, nous
nouons les ligaments de chanvre, et, la tâche
terminée, nous nous préparions à remonter,
lorsqu'en m'avançant, je touchai quelque chose
qui se mit à se balancer de droite et de gauche. Je regarde et je vois, non sans stupeur,
un cadavre debout et le boulet aux pieds (1).

_____

(1) On sait que la mer, dans ses profondeurs, fait
subir aux morts une sorte d'embaumement. Tous les ca-

La figure, les vêtements étaient bien conservés. C'était évidemment quelque malheureux
mort dans un navire et jeté, comme tant d'autres, à la mer. Cette sinistre apparition me
poursuivit pendant quelques minutes. Mes camarades et moi, nous reprenions l'échelle de
corde que nous avions constamment entraînée
avec nous ; nous levons la tête et nous décou-
vrons au-dessus, suspendue en équilibre, au
milieu des flots, la carène d'un grand navire ;
je ne m'attendais guère à cette découverte, et
j'eus la cruauté de m'en réjouir, oubliant
quelles infortunes sous-entendait la simple vue
de ce bâtiment défoncé, englouti sans doute
avec une partie de son équipage.

Je suivis parfaitement des yeux mes compagnons, qui se séparèrent et parcoururent en

davres lancés, un boulet aux pieds, se tiennent debout
au fond des eaux : les traits sont aussi bien conservés
que le jour de leurs funérailles.

tous sens le pont du navire. Je pénètre avec l'un d'eux (je ne sais lequel), par l'escalier tournant, dans le salon. Des masses froides, informes, ténébreuses flottent autour de nous : ce sont les cadavres des noyés ! Quel spectacle ! Une mère, les cheveux épars, serre encore convulsivement son petit enfant entre ses bras ; d'autres naufragés, en proie à la dernière agonie, se sont accrochés avec les ongles au plafond ; ces corps oscillent et me frôlent en passant.

Je retourne sur mes pas : dans la cantine, je distingue deux cadavres de matelots dont les mains crispées tiennent encore des bouteilles de gin ! Je veux pousser plus loin, mais une vingtaine de spectres, roulés les uns sur letres, me barrent le passage !

Je remonte l'escalier ; la personne qui m'avait suivi dans l'intérieur avait disparu. J'erre quelques instants. Autour de la dunette, je re-

garde devant moi et je demeure frappé de stupeur en face de la scène que j'ai hâte de vous
décrire.

— Un des plongeurs, — quel pouvait être ce
Caïn ? — lève en ce moment sa hache sur un
de ses camarades. Ce dernier s'abaissait pour
ramasser quelque chose dans une cassette.

J'aperçus distinctement le meurtrier, mais
le masque ne me permit pas de le reconnaître.
Sans qu'il s'en doutât, la lanterne que je por-
tais était tournée de son côté. En un clin d'œil
la hache se lève et retombe sur la conduite
d'air, qui est tranchée d'un seul coup:

M. de Sartène, sans doute suffoqué, se dresse,
jette un regard (je le comprends au mouvement) sur le misérable qui vient de le frapper;
il abandonne ce qu'il a entre les mains, et
comme il n'est plus retenu au navire que par
le mince cordon-électrique, le courant l'emporte.

Je vois alors l'assassin se courber, ramasser quelque chose à la hâte et le glisser dans sa ceinture.

Je fus comme paralysé par un pareil crime. J'allais cependant m'avancer, lorsque sans doute, craignant d'être surpris, le meurtrier s'éloigna. L'obscurité étant presque complète, je perdis complétement sa trace.

Quelques minutes après, apparaissaient de nouveau les deux ingénieurs, et il me fut impossible de retrouver l'assassin !

— Mais, au moins, concevez-vous quelques doutes ? dit le capitaine.

— Aucun ! Je ne sais qu'une seule chose, c'est que l'un de ces deux hommes est un meurtrier !

— Peut-être avant votre départ avez-vous saisi quelques mots qui ont pu vous faire pressentir l'auteur du crime.

— Non ! Mon avis est que ni l'un ni l'autre

7

n'aimaient M. de Sartène. Le charmant garçon
était trop parfait pour ne pas exciter la jalousie. Je ne puis accuser personne, et cependant
j'affirme bien dire la vérité : l'un de ces deux
ingénieurs a tué M. de Sartène! La scène atroce
de l'assassinat est là, gravée dans ma pensée! Je
vois encore la hache qui frappe !

— Puisque vous ne pouvez signaler le coupable, reprit le capitaine, la justice saura peut-
être le découvrir. Elle dispose de procédés d'instruction que nous n'avons pas. Rentrés en Angleterre, nous déposerons devant le coroner.
En attendant, jurez-moi, Dick, de ne pas ébruiter cette terrible nouvelle.

— Je vous le promets, mon capitaine.

— C'est bien ; le silence le plus absolu doit
planer sur cette affaire jusqu'au moment où la
justice en sera informée.

— Vous avez raison, ajouta le matelot, le

moindre soupçon donnerait l'éveil, et le coquin pourrait déguerpir en Amérique.

— Et, continua le capitaine, il échapperait alors peut-être, dans ce bienheureux pays des États-Unis, à l'éclatante réparation qu'exigent nos lois. Justice sévère doit être rendue. Il faut être implacable envers les méchants ! Avant l'époque du jugement, l'un et l'autre, Dick, nous suivrons, sans relâche, la conduite de ces deux hommes. Le criminel n'est pas sur ses gardes ; qui sait s'il ne se trahira pas ! A nous donc, mon ami, de chercher à découvrir le meurtrier du pauvre de Sartène !

XI

L'ENQUÊTE SECRÈTE

Comme il est facile de le prévoir, Dick et le capitaine ne faillirent pas à leur mission. La mort du généreux de Sartène criait trop haut vengeance! Ils poursuivirent en secret, avec le plus d'habileté possible, leur difficile enquête.

En apparence, ils conservaient à l'égard des deux ingénieurs la même cordialité discrète, refoulant, non sans peine, dans leur cœur le mépris dont ils enveloppaient forcément l'un et l'autre.

Norton et Stevens étaient néanmoins toujours les mêmes. Leur caractère ne s'était en rien modifié. Nulle trace de remords. Comment la justice parviendrait-elle à débrouiller un jour le mystère de ce drame?

Parfois le capitaine se demandait si le matelot Dick n'avait pas été victime de quelque hallucination. Et cependant ses souvenirs étaient précis; il persistait dans ses révélations et n'en retranchait pas un mot.

Au reste, l'éloquence des faits était là pour proclamer la véracité de son témoignage; le conduit d'air, examiné avec soin, révéla la trace certaine d'un coup de hache. Le mordant du fer avait obliquement tranché le tuyau. Le criminel ne pouvait être qu'un des deux ingénieurs, et toutes les probalités accusaient Norton. Le capitaine, qui avait appris à juger les hommes, comprit que dans la société bien des scélératesses ont un but ; l'enfant peut faire le mal par caprice ; l'homme, qui réfléchit, le commet presque invariablement par intérêt. Or, de Sartène disparu, Norton arrivait d'emblée au poste de premier ingénieur, qu'il ambitionnait. Les raisonnements les plus simples devaient, à priori, on le voit, être peu favorables à celui qui bénéficiait de la mort du pauvre Henri.

De plus, le Yankee avait souvent laissé percer ses instincts grossiers, sa brutalité native. Sa physionomie dénonçait même l'âpreté de son caractère.

Norton détestait ses chefs ; dans des moments d'oubli, il l'avait avoué ; il brûlait d'arriver promptement à une grande fortune.

Son indépendance, qui n'acceptait aucun frein, parlait également contre lui ; n'était-il pas avéré qu'à plusieurs reprises il avait voulu secouer la direction d'un homme plus jeune que lui, et qui, précisément par cela même, devait exciter au plus haut point sa jalousie? N'avait-il pas eu, quelques minutes avant le départ, une discussion violente avec M. de Sartène? Tous ces souvenirs, qui affluaient et se groupaient en faisceau dans la mémoire du capitaine et de Dick, se dégageaient ensuite comme autant de preuves de culpabilité. Pourtant tous ces faits ne présentaient par une certitude absolue.

— M. Norton, disait parfois le matelot Dick, n'est cependant pas un homme méchant. Il n'est que brutal!

— Mais il est très-emporté, très-envieux, reprenait le capitaine; il a vécu, pendant la guerre d'Amérique, avec la lie de la population en effervescence; c'est peut-être un de ces hommes peu soucieux de la vie des gens, et qui, pour arriver à leur but, n'hésitent pas à passer sur des cadavres. Il a sans doute vu dans M. de

Sartène un obstacle qu'il fallait renverser, briser.

Un jour, Dick vint tout effaré rendre compte d'un bruit qui courait de bouche en bouche dans l'équipage.

— On prétend, dit-il, que, lors du banquet de Valencia, M. de Sartène a trouvé sous sa serviette le mot suivant : « Défiez-vous de Norton ! »

— Ma foi, c'est vrai ! s'écria le capitaine, qui, au milieu des mille préoccupations du voyage, avait oublié cet incident. Je me rappelle maintenant cet avis sinistre. Vous voyez, Dick, ajoutait-il que les présomptions s'accumulent sur la tête de l'Américain. D'ailleurs, Stevens est presque un enfant, il a vécu au milieu des cotillons ; il est blond comme les blés, doux comme une jeune fille. Son innocence n'est pas douteuse. L'acte qui a été commis n'est pas le fait d'une main inexpérimentée. Allez, croyez-moi, celui qui a tué Henri n'en doit pas être à son premier crime. Il est probable qu'un membre de l'assemblée de Valencia, qui connaissait les précédents de Norton, a prévu les périls auxquels s'exposait de Sartène avec un pareil compagnon, et, sans oser dire en face la vérité, il a voulu du moins prévenir notre ami de se mettre sur ses gardes. Que n'a-t-il pris au sérieux cet avertissement!

A cela le matelot répondait :

— Je ne connais pas la vie passée de M. Norton; jamais cependant je ne l'aurais cru capable d'un crime si froidement exécuté.

— Mais, reprenait le capitaine, de deux choses l'une : le coupable ne peut-être que Norton ou Stevens. Est-il plausible de supposer que cet abominable forfait ait été préparé, combiné, puis exécuté par un enfant au lendemain de sa sortie de collége!

— Ce n'est guère probable! était obligé de

convenir le vieux Dick, mais je n'aime pas le regard de M. Stevens ; sa parole est aussi trop douce, trop onctueuse.

— Voyons ! lorsque la nouvelle se répandit qu'on allait entreprendre cette fatale promenade sous-marine, repartit le commandant, quelle fut l'impression de Stevens ? Fut-il satisfait ou mécontent !

— Il manifesta une certaine inquiétude et n'approuva pas l'idée certainement.

— Eh bien ! ceci est clair, convaincant, reprit le capitaine : s'il avait médité un crime, il aurait accepté cette pensée avec empressement, puisqu'elle lui en facilitait l'exécution.

— Tout ceci semble juste, parfaitement juste ! disait alors Dick, en hochant la tête ; le meurtrier doit être M. Norton, et cependant je ne sais pourquoi, si j'étais juge, j'aurais de la peine à le condamner !

XII

GO AHEAD

Pendant que l'orage grondait ainsi dans le plus complet mystère, les travaux du câble transatlantique avançaient rapidement.

La fin déplorable du brillant ingénieur n'avait pas retardé d'une minute la marche de l'entreprise.

« Le pauvre diable ! » s'étaient écriés la plupart des autres officiers, et l'on n'y avait plus songé.

Pour les Anglais, plus que pour tout autre, le mot célèbre :

« Quand se lève le lendemain, la veille est oubliée », est d'une vérité navrante.

En effet, cette indifférence apparente n'a rien qui puisse étonner chez un peuple tel que la nation anglaise, où l'homme est considéré comme un outil. L'association supprime, en effet, la personnalité; l'homme n'est, en Grande-Bretagne, qu'une puissance collective.

Il est facile de saisir qu'avec de pareils principes la mort d'un homme, quel qu'il soit, n'est que médiocrement regrettée : c'est moins qu'un rouage, c'est une pièce à remplacer.

Cette association au cœur dur est, quoi qu'il en soit, tout le secret de la puissance de la race saxonne. L'Orient s'endort dans l'individualisme, et nous sommes encore, en France, dans les langes du monde oriental!

Le bruit de la mort de M. de Sartène n'eut

donc pas autant d'écho que des cœurs sensibles
eussent été en droit de s'y attendre. On allait
au plus pressé. Il faut avoir devant soi du temps
pour pleurer ; les pionniers anglais et américains n'en ont pas à perdre.

Enfin, le dernier jour du mois allait luire
lorsque l'on atteignit sans encombre les parages de Terre-Neuve. Trinitay-Bay recevait le
fil télégraphique. Ainsi s'accomplissait cet immense travail, qui, trente ans auparavant,
aurait semblé la folie la plus monstrueuse. L'o-
céan Atlantique cessait, pour ainsi dire, de sé-
parer le nouveau de l'ancien monde. Un
Louis XIV contemporain aurait pu dire : Il n'y
a plus d'Atlantique.

Mais les rois s'en vont : le Louis XIV moderne est le bienfaisant génie des affaires, qui,
mieux que tous les souverains, sait gagner
de grandes, de décisives batailles. Une de ses
plus belles conquêtes est la télégraphie, dont

l'histoire est rapide comme l'étincelle. Il semble
que, pour la réalisation d'une œuvre qui devait
abréger le temps, on ait également dévoré le
temps. En 1846, quelques lignes commencent
à peine à balbutier le nouveau langage; vingt
années plus tard, les océans sont franchis. En
1850, on traitait d'insensés les novateurs qui
projetaient d'unir par un câble l'Angleterre à
l'Europe. Seize années s'écoulent, et un fil relie
définitivement l'Irlande à l'Amérique. Qui peut
prédire ce que l'avenir nous réserve de sur-
prises : avant la fin du siècle, chacun aura son
appareil télégraphique chez soi, et, sans sortir
de sa chambre, on conversera avec ses amis de
New-York, de San-Francisco et de Melbourne;
le monde entier sous la main.

L'œuvre colossale était donc terminée. On ne
pouvait mieux faire que de saluer ce pénible
et glorieux enfantement par un baptême reten-
tissant de coups de canon, de harangues et de

toasts. On n'y manqua pas. On acclama beaucoup
la liberté, ce qui est plus aisé que de la comprendre ! les banquets succédèrent aux banquets, et les demandes et les réponses com-
mencèrent à franchir l'Atlantique. Naturellement on débuta par les télégrammes les plus
saugrenus. Les meilleurs des impromptus ne
sont pas ceux qu'on improvise. On se souvient
que, lors de la première pose du câble transatlantique, un baronnet de la noble Angleterre
avait allumé son cigare avec une étincelle partie
d'Amérique. Cet exemple d'absurdité grandiose
devait faire des envieux. Un riche Américain
demanda cette fois du feu à l'Europe. Le lendemain, le *Courrier des État-Unis* prétendit que
l'auteur de cette spirituelle action avait des
chances pour être élu au prochain Congrès ; sa
profession de foi avait plu. Des citoyens moins
ambitieux de la libre Amérique se contentèrent
d'adresser cette simple phrase : « Nous envoyons

le bonjour à la reine Victoria! » Cette expression naïve de respectueuse cordialité toucha sans doute les Anglais, qui, à leur tour, adressèrent leurs vœux au président des États-Unis. Bref, John Bull et frères Jonathan se donnèrent l'accolade pendant quelques jours, puis se prirent à réfléchir qu'il y avait mieux à faire que d'échanger des phrases de congratulation et firent circuler de bonnes dépêches politiques et commerciales.

Une des premières fut une nouvelle fausse qui causa la dégringolade d'une des plus fortes maisons d'Anvers et la mort d'un négociant du Havre, qui, se croyant complétement ruiné, se fit sauter la cervelle. Depuis ce temps, on reçoit toujours des dépêches, mais on n'y croit qu'après réception du courrier.

· En sortant du banquet, Norton, Stevens et une dizaine d'ingénieurs et d'officiers rencontrèrent sur le quai plusieurs matelots, qui, sans avoir pris part aux fêtes officielles, avaient aussi célébré à leur manière la réussite de la magnifique entreprise. Leur marche était moins qu'assurée ; leur parole chevrotante, avinée, leur visage empourpré, témoignaient des libations, plus abondantes que délicates, auxquelles ils s'étaient complaisamment livrés. Ces matelots gesticulaient, criaient, chantaient et injuriaient les gens, à la grande satisfaction des gamins, peu scrupuleux sur le choix des amusements.

Lorsque les ingénieurs passèrent, un de ces matelots s'arrêta, mit les poings sur ses hanches, et, lançant à Norton un de ces regards sombres d'ivrogne :

— Eh ! fit-il entre deux hoquets, mais d'une voix parfaitement compréhensible : monsieur Norton, donnez-moi donc des nouvelles de celui que vous avez tué au fond de l'Océan ?

— Que dit cette brute ? exclama Norton
avec fureur.

— Ah ! reprit le matelot, oscillant de plus
en plus sur lui-même, ça vous semble drôle !
c'est cependant vous qui l'avez expédié ! sig !
bonjour la compagnie ! et d'un geste il imitait
le coup de hache.

— Ah ! triple animal ! s'écria l'ingénieur en bon-
dissant auprès de lui ; et, le prenant par la
gorge, il le poussa violement sur le rebord
même de la berge. Si tu répètes encore une
seule fois tes stupides propos, m'entends-tu,
bête brute, je te lance dans le port, ça te dé-
grisera.

— Eh ! laissez-moi, vous m'étranglez ! j'étouffe !
fit le matelot à moitié suffoqué par l'étreinte
vigoureuse de l'Américain, et que la présence
du danger rendait plus lucide.

Norton prit alors l'ivrogne par les épaules,
le fit tournoyer deux ou trois fois sur lui-même

et l'envoya rouler dans la poussière à cinq pas plus loin.

Cette scène, qui eut pour spectateurs non-seulement les passants, mais la plupart des membres du banquet, donna à réfléchir. Évidemment on n'ajoutait pas grande confiance aux paroles jetées au vent par un ivrogne, mais telle est la puissance infernale de la calomnie, qu'éditée même par les fous, elle creuse toujours l'abîme derrière elle.

Les oreilles qui avaient entendu, enregistrèrent malgré elles avec empressement le propos, que répétèrent ensuite une foule de lèvres babillardes. En moins de deux heures, la nouvelle était connue de tous les voyageurs, et cependant il n'y avait pas une femme à bord des navires.

XIII

PAUVRE MÈRE ! L'ARRESTATION

Trois semaines après, les navires, chargés de la plupart des mêmes passagers et naturellement des ingénieurs, rentraient triomphalement en Irlande.

L'*Argus*, pavoisé, mais avec une petite flamme noire au mât de misaine, pénétra le second dans le port de Valencia.

Immédiatement, le caissier du bord se rendit

à Limerick et se dirigea du côté de la maison de la pauvre mère d'Henri.

— Quelle nouvelle je vais lui apprendre ! pensait-il ; et il cheminait, tantôt léntement, tantôt d'un pas plus rapide, conformant, pour ainsi dire, sa marche aux réflexions qui traversaient son esprit.

Il entra dans Cornwallis street et leva le marteau de la porte du n° 5, non sans éprouver un battement de cœur. Le brave homme ne savait, en vérité, comment il s'y prendrait pour annoncer le terrible événement.

La mère Dicket, la vieille servante de la maison, l'introduisit dans le petit salon. Il attendit quelques minutes, contempla cet intérieur paisible, vit sur le guéridon une tapisserie presque achevée ; c'était, — il le comprit, — des pantoufles qu'une main amie préparait pour le joyeux retour d'un voyageur bienaimé. Cette vue lui fit mal. « Dans quelques minutes, se disait-il, quelle affliction je vais répandre dans cette famille ! » Et il aurait souhaité pouvoir s'éloigner, comme si, en retardant la terrible échéance de la nouvelle, il eût, pour ainsi dire, prolongé les jours du malheureux ingénieur.

La porte s'ouvrit tout d'un coup, Madame de Sartène entra.

— Comment se fait-il que mon fils ne soit pas ici ? dit-elle, en enveloppant d'un regard inquiet, profond, interrogateur, le caissier qu'elle avait reconnu du premier coup d'œil.

— Madame, balbutia le visiteur, j'ai à vous annoncer.....

— Mon fils est mort! s'écria la pauvre mère avec cette assurance, cette infaillibilité du cœur qu'on ne peut bercer d'une illusion.

Et la malheureuse femme se jeta sur un fauteuil en fondant en larmes et en poussant des sanglots.

8

Après une pause de quelques minutes :

— Eh bien ! monsieur, fit elle comme subitement calmée, mais avec cette expression véritablement imposante de mère romaine mortel-
lement atteinte, comment ai-je perdu mon fils ?

— Madame, reprit l'honnête caissier, une
entreprise périlleuse était à tenter ; il s'agissait
de la réussite ou de l'insuccès de l'œuvre ; votre
fils n'hésita pas, il se mit en avant ! C'était un
vaillant et généreux jeune homme : il revêtit
avec trois autres le costume de plongeur et
alla interroger le fond de la mer pour reconnaître l'assise où reposait le câble ; MM. Norton
et Stevens l'accompagnaient ; ils ont partagé le
même péril.

— Au reste, madame, continua-t-il, j'ai à
vous remettre, au nom de votre infortuné fils,
un dernier mot, le voici. Et il livra le pli cacheté
qu'Henri lui avait confié quelques minutes
avant son départ sous-marin.

La pauvre femme rompit le cachet et lut ce qui suit :

« Ma bonne mère,

« Lorsque vous lirez cette lettre, j'aurai cessé d'exister, mais en remplissant une mission d'honneur. Vous apprendrez comment notre devoir nous a obligés de recourir à un moyen audacieux, suprême, pour, obtenir un résultat cherché depuis plusieurs années. Peut-être n'aurais-je pas le droit de disposer ainsi de moi, sachant combien je puis être utile à tous ceux que j'aime, mais ma mort elle-même attirera peut-être sur ma famille la considération des hommes et la bénédiction du ciel. »

« Adieu, au revoir là haut, si ce n'est ici-bas; ayez foi et confiance.

« Je vous embrasse et je pleure.

« HENRI. »

Madame de Sartène couvrit de baisers les dernières pensées de son fils, et, reprenant en apparence toute sa fermeté :

— Mon malheureux enfant est-il la seule victime ?

— Madame, répondit le caissier, je ne sais si votre fils fut trop audacieux, mais les autres voyageurs sont revenus sains et saufs.

Puis, pensant comme tant d'autres, qu'un malheur partagé allège le poids du malheur personnel :

— Et il faut, dit-elle avec amertume, que mon fils ait été seul la proie du gouffre! Mais connaît-on, prévoit-on la cause de l'acci-dent?

— Non, reprit avec une certaine hésitation le caissier, quelques opinions ont été cependant émises...

— Supposerait-on qu'un crime a été commis? s'écria la pauvre mère, comme subitement

éclairée par l'exaltation de l'amour mater-
nel.

— Non, non, pas précisément, balbutia le
brave homme.

Il y a donc des doutes monsieur, on a peut-
être tué mon fils ? Qui a pu le tuer ? Oui, une
voix intérieure me crie qu'on me l'a assassiné ; les autres sont revenus, lui seul est mort !
— Mon fils a été assassiné, je vous le dis.

— Mais, madame, rien ne fait supposer que
M. de Sartène ait été la victime d'un attentat,
reprit le caissier, d'autant plus embarrassé
qu'il n'était pas sans savoir quels bruits cou-
raient depuis quelques jours. Ces messieurs
étaient ses amis, ses compagnons, presque des
frères.

En cet instant la porte s'ouvrit ; le blond
Stevens, en tenue irréprochable, correct de la
tête aux pieds, entra sans se faire annoncer, et,
après avoir salué madame de Sartène avec cette

8.

réserve, cette froideur de bon goût qui sait se
mettre à l'unisson des grandes douleurs, il lui
dit :

— Je vois, madame, que l'homme de confiance
de l'*Argus* a pris les devants et m'évite la pénible tâche de vous faire part de l'affreuse nouvelle qui nous plonge encore dans la stupeur !
Mais il reste un autre devoir à accomplir, celui
de venger le souvenir....

— Expliquez-vous, monsieur, que voulez-
vous dire ? fit madame de Sartène.

— On peut aujourd'hui parler sans indiscré-
tion. Le secret n'en est plus un. On accuse ou-
vertement Norton d'avoir assassiné notre généreux collègue. Une déposition vient d'être faite
par le matelot Dick et le capitaine de l'*Argus*.
Norton est arrêté. Des charges accablantes
pèsent, dit-on, sur lui ! j'ignore si le malheureux est coupable. Plaise à Dieu qu'il soit innocent.

— A-t-il fait des aveux ? demanda le caissier.

— Je ne sais, dit Stevens ; j'avais hâte de me rendre ici ; j'ai quitté immédiatement Valencia. Norton a été arrêté en débarquant du navire. J'ignore le reste.

— Et vous m'aviez autrefois presque prévenue, lors de votre départ ! dit l'infortunée mère, qui se souvenait alors de plusieurs mots lancés par le jeune ingénieur.

Quelques paroles furent encore échangées. Après avoir adressé de courtoises condoléances à madame de Sartène, Stevens s'éloigna.

Le lecteur voudra bien nous permettre de ne pas insister sur la scène déchirante qui éclata après le départ des deux visiteurs. Madame de Sartène et miss Anna Shield, la fiancée du pauvre Henri, confondirent leurs sanglots, leurs regrets. Les grands chagrins ne peuvent pas être plus fidèlement décrits que ces paysages

terribles et grandioses qu'offre parfois la nature :
il faut les ressentir, les avoir vus, pour les comprendre.

XIV

PRÉLIMINAIRES DU PROCÈS

Stevens disait vrai : Norton était en prison.
Le coroner, prévenu par une lettre du capitaine
de l'*Argus*, n'avait pas hésité une minute à
poursuivre hardiment l'affaire. Séance tenante,
il avait lancé contre l'inculpé un mandat
d'amener ; aussi l'ingénieur, à son entrée dans
le port de Valencia, tomba-t-il entre les bras
de trois agents, qui lui signifièrent, avec la

politesse traditionnelle des hommes de justice,
de les suivre sans résistance.

Norton, qui, en combattant les esclavagistes,
n'avait pas contracté les mœurs les plus douces, commença par appliquer un violent coup
de poing au policeman assez osé pour lui mettre la main au collet. Il se préparait à vendre
chèrement sa capture, lorsque le capitaine du
navire s'approcha et lui dit simplement :

— On vous accuse d'un grand crime, discul-
pez-vous et vous serez libre ensuite !

— Et de quel crime veut-on parler ? Je n'ai
sur la conscience, et cela pèse peu, que cinq
ou six batteurs de nègres de la Virginie que j'ai
peut-être expédiés *ad patres*. Va-t-on maintenant jeter au cachot les militaires parce qu'ils
envoient des balles aux ennemis ! Je demande
alors à devenir citoyen français pour être
libre.

— Il ne s'agit pas de cela, reprit l'agent, qui

se départit cette fois de la rigueur de sa mission ; on vous accuse d'avoir fait mourir M. de Sartène !

— Alors, s'écria-t-il, je vais en prison la tête haute, je suis innocent !

Il ne résista plus et se laissa conduire sans manifester le moindre trouble.

L'enquête du coroner portait sur plusieurs ordres de faits : 1° sur le caractère envieux, irascible, haineux, de Norton ; — 2° sur la querelle qui avait éclaté entre lui et le défunt ; — 3° sur l'impossibilité où l'on se trouvait de faire raisonnablement tomber l'accusation sur toute autre personne ; — 4° sur le témoignage du matelot Dick ; — 5° sur l'impiété notoire de l'accusé, sur ses mœurs brutales et son indiscipline reconnue à l'égard des hommes et de Dieu.

A mesure que l'enquête creusait, scrutait la situation, elle y faisait les plus étranges, les

plus accablantes découvertes. La culpabilité
devenait de plus en plus évidente. Quel monstre
que ce Norton! disait-on de toutes parts.

Le public se passionnait déjà pour le procès
palpitant qu'on allait lui servir ; la disparition
soudaine de l'honnête, du charmant de Sartène
l'avait médiocrement intéressé ; mais le drame
de la cour d'assises, qui menaçait l'existence
d'un scélérat probable, le captivait bien autrement. Ainsi sera toujours la foule, avide d'émotions et choisissant de préférence les plus gros
sières.

L'affaire s'instruisait le plus vite possible
elle était annoncée pour les premiers jour
d'octobre. Enfin les assises de Limerick, depuis
si longtemps mornes, allaient donc voir se dé
rouler un procès qui ferait époque et qui ne
manquerait pas de jeter un certain lustre sur
le barreau de la modeste ville.

C'était un événement impatiemment attendu :

bien des ambitions comprimées, étouffées par le provincialisme, relevaient enfin la tête.

Les journaux des Trois-Royaumes remplissaient leurs colonnes de renseignements sur le procès et sur l'auteur présumé du crime. « L'opinion publique, disait le *Morning Star*, pressent dans la vie de cet homme qui va paraître devant le jury plus d'un horrible mystère. Qu'était-ce que Lacenaire? un assassin de tripot. — Qu'était-ce que Dumollard? un assommeur de filles pauvres. — Qu'était-ce que William Palmer? un empoisonneur cupide. — Mais, suivant toutes présomptions, Norton est le maître du genre, le héros de la criminalité moderne; comme il y a, en effet, des héros de vertu, il y en a de l'assassinat. Norton est un véritable modèle, etc. » Nos lecteurs sont gens trop perpicaces pour ne pas compléter la lacune de l'*et cœtera*.

9

Passons au portrait tracé dans une autre feuille, le célèbre *Times* lui-même :

« L'ingénieur Norton est un homme de 40 ans, petit, trapu, un véritable taureau ; ses cheveux sont roux, sa barbe est fauve ; il agite sa crinière comme celle d'un bison. Ses yeux bleu faïence lancent des regards furtifs, indécis, inquiets. Il a les lèvres minces, le front assez découvert, etc. »

Or, est-il besoin de le rappeler, Norton n'avait pas encore 30 ans, il était d'une taille un peu au-dessus de la moyenne, il ne ressemblait pas le moins du monde à un taureau : ses cheveux étaient bruns, sa barbe noire, ses yeux également foncés, il avait la lèvre supérieure très-forte et le front excessivement bas.

Excepté ces légères différences, le portrait tracé par le journal le mieux informé du Royaume-Uni était en tous points ressemblant.

Comme la législation anglaise n'autorise pas

la poursuite de plus d'un crime à la fois, on
n'interrogea pas le passé de l'accusé; c'était
une réserve sûre que l'on conservait dans l'éven-
tualité de la perte possible de la première partie.
Dame justice ne lâche pas son homme. Le
malheureux accusé est-il déclaré innocent sur
un point, on l'attend sur un autre où on le hap-
pera au passage. La justice veut vivre.

Mais, Dieu nous garde de l'attaquer! A
Limerick, elle montra, nous n'osons pas dire
exceptionnellement, une abnégation qui lui fit
le plus grand honneur. Elle tenait entre les
mains un magnifique procès : les magistrats,
qui depuis vingt ans n'avaient pas été à pareille
fête, se disaient : « Enfin, nous sommes donc
bons à quelque chose ! » Eh bien ! l'excitation
des esprits était telle contre le Yankee, que l'on
put redouter qu'un jugement rendu dans des
circonstances semblables ne fût pas complète-
ment impartial. Les juges (nous sommes en

Irlande, je vous prie de le croire) voulurent
bien cette fois convenir qu'ils pourraient se
laisser influencer par l'exaspération publique.

L'affaire fut, en conséquence, transportée
ailleurs, c'est-à-dire devant la Cour centrale
criminelle de Londres, le plus impartial des
tribunaux, — bien entendu après ceux de
Paris. L'administration civile se chargea de la
poursuite.

Le procès s'ouvrit définitivement le 17 octobre, à Old-Bailey.

XV

LA COUR D'ASSISES

La foule est immense, la salle a été inutile-
ment agrandie, l'affluence du public est si considérable que toutes les avenues de la Cour
sont encombrées : plus de deux mille individus
de toutes classes occupent les environs sans
aucun espoir de parvenir dans l'intérieur, mais
dans le dessein de recueillir de la bouche des
avocats, des huissiers et des garçons de salle
quelques mots sur la marche du procès. Des

paris s'organisent : les uns disent qu'à défaut
de preuves suffisantes la déportation perpé-
tuelle sera prononcée ; les autres, infiniment
plus nombreux, soutiennent que Norton sera
inévitablement pendu. Les enjeux grossissent,
le Yankee pendu paraît avoir toutes les chances ;
cinq cents livres pour Norton à la corde ! huit
cents livres, neuf cents livres ! Ainsi s'amuse
innocemment le bon public dans les cours
d'Old-Bailey.

A neuf heures, les plus hauts personnages
sont déjà installés confortablement dans les
siéges moelleux ; de gracieuses ladies occupent
des places de choix. Parmi les assistants, on
remarque lord Clarendon, le comte de Derby,
lord Brougham, le marquis d'Anglesey, lord
Stanley, etc.

Dix heures sonnent ; instant solennel ! les
juges font gravement leur entrée dans la salle.

C'est d'abord le lord-chief de justice, puis

MM. Keith, Fergusson et Mathieu Leith, accompagnés par le lord-maire, les aldermen et les shériffs.

Un murmure parcourt l'auditoire. L'accusé va bientôt paraître : un bruit inusité s'est produit dans un des couloirs attenant à la chambre.

En effet, Norton est amené par des gardes dans un compartiment spécial, le box, sorte de loge complétement isolée du reste de la salle.

L'accusé devient naturellement le point de mire de tous les regards ; c'est un ours des monts Rocheux, se répètent les ladies ; quelle chevelure ! Regardez donc cette barbe à la John Brown ! — Quelle tête de loup ! dit un rédacteur parisien envoyé tout exprès par le *Figaro*.

A peine Norton s'est-il assis que trois appareils photographiques se braquent sur lui ; la spéculation a compris qu'il y avait là une affaire lucrative. Presque en face de l'accusé, sur un siége réservé, se tient un dessinateur bien connu de *l'Illustrated London News*. Son crayon a déjà marché avant le début même du procès.

L'attorney-général a ajusté ses lunettes sur son nez ; l'avocat principal de Norton retourne les feuillets du volumineux dossier développé sur son pupitre. Les douze jurés ont été introduits. Chaque soldat est à ses pièces ; l'huissier réclame le silence. Le calme se rétablit comme par enchantement.

Le président demande à Norton s'il est coupable ? Naturellement celui-ci affirme être blanc comme neige, la réponse étant prévue, mais, ne convaincant personne, la parole est donnée à l'attorney-général (1). On s'attendait à un réquisitoire fulminant, accablant. Le rédacteur du *Figaro* avait déjà, suivant l'habitude des

(1) L'attorney-général remplit, à peu de chose près, le même rôle que l'avocat-général en France.

journalistes bien informés, rédigé sa correspon-
dance et lancé à la poste ces mots : discours
terrible, fulminant de l'attorney-général contre
l'accusé. Preuves palpables du crime ! » Il fut
quelque peu surpris d'entendre l'attorney prononcer ces mots : « Messieurs les jurés, si les
débats vous apportent la preuve de la culpabilité de l'accusé, déclarez-le coupable ; mais si
la preuve n'est pas complète, que Dieu nous
garde de faire pencher contre l'accusé la
balance de la justice! » L'affaire fut expli-
quée dans tous ses détails par l'attorney. Les
charges ne manquèrent pas. Nos lecteurs les
connaissent déjà. « Norton entretenait depuis
longtemps une hostilité sourde contre ses
supérieurs. Le rare mérite de M. de Sartène
devait exciter sa jalousie. De l'envie à la haine,
de la haine au crime, il n'y a qu'un pas.
Qu'arrive-t-il? ajoute l'attorney : une discussion
éclate ; sur ces entrefaites, l'on part. Une cas-

9.

sette tombe au pouvoir de M. de Sartène ; non-
seulement il a déjà l'honneur, les avantages
matériels, de plus une fortune peut-être immense va lui échoir. Les sentiments d'inimitié,
de cupidité s'éveillent alors avec plus de violence que jamais dans l'âme haineuse de
l'accusé. Une hache est entre ses mains : le
vertige du crime s'empare sans doute de lui ; il
frappe. Un coup dans l'obscurité, et tout est dit.
De Sartène est entraîné par le courant. La
sonnette d'appel porte vainement le bruit sinistre du tocsin dans les régions hautes. Suivant
toutes présomptions, le meurtre demeurera
impuni. Pourtant, les yeux de la justice ont
pénétré jusqu'au fond de ces abîmes de mort ;
Thémis veille à 3,000 mètres au-dessous de
l'Océan ! Il a suffi de la lueur soudaine d'une
lampe électrique pour que cet abominable
assassinat eût un témoin. Le conduit de caoutchouc qui portait l'air dans l'appareil se trou-

vant coupé, revient à la surface des flots. Avant
même le retour des voyageurs, le meurtre pouvait être prévu : le tuyau examiné révèle la
trace irrrécusable du coup de hache ; ces deux
témoignagnes parlent éloquemment contre
Norton ! De Sartène mort, Norton obtient forcément son poste : son ambition est satisfaite,
sa haine pour ainsi dire assouvie. Que d'indices
de culpabilité ! Si vous consultez le passé,
Messieurs du jury, termine l'orateur, il explique
la conduite de l'accusé. — Un anonyme ne
s'était pas trompé sur le caractère de ce farouche Américain, lorsqu'au banquet de Valencia il
fit passer à M. de Sartène ces mots foudroyants :
« Gardez-vous de votre collègue Norton ! » Un
avertissement semblable, devenu historique
fut, on le sait, également suivi du plus lâche
des assassinats. La voix publique, qui a bien
sa valeur, car la voix du peuple est la voix de
Dieu, — cette voix populaire dénonce aussi

Norton comme l'auteur du crime. Un honnête
matelot l'arrête à la sortie d'une fête et ce cri
de la vérité sort involontairement de ses lèvres :
« Vous avez tué votre frère ! » Le spectre du
défunt lui apparaissait sans doute. L'évidence
de la culpabilité n'est malheureusement pas
niable. Ajoutons aux faits que l'on peut toucher
du doigt une prévention non moins grave :
l'accusé ne croit à rien, — et je finirai par une
pensée qui est celle des gens d'honneur : « qui
n'a pas de religion est capable des plus grands
crimes ! »

Ce réquisitoire était, en résumé, des plus
modérés, surtout si on le compare à bien
d'autres. Un murmure flatteur accueillit les
derniers mots empreints du plus pur spiritua-
lisme. Le discours était-il constamment sensé ?
Peu importe ; il réussit parce qu'il était habile.
La dernière phrase avait fait appel au senti-

ment; c'est tout le fond de l'éloquence, la conviction vient par le cœur !

L'acte d'accusation terminé, on entendit les
témoins ; d'abord le matelot Dick, qui raconta
la scène du meurtre simplement, naïvement,
sans chercher à produire la moindre impression
sur les auditeurs. Il parla pendant cinq minutes
et se retira.

Ensuite vint à la barre le capitaine de l'*Argus*.
Il n'avait absolument rien vu ; il n'en entra pas
moins dans une multitude de détails circons-
tanciés, minutieux ; il se savait une parole
facile, abondante, il en abusa. Il fit parade,
tantôt de science, tantôt d'imagination. Bref,
il demeura pendant près d'une heure et chargea à outrance le malheureux Norton, qui, du
fond de son box, rugissait contre le maître sot
se pavanant pour l'étrangler. Cette déposition
parut peser d'un très-grand poids sur le jury ;

on est surtout disposé à accorder du crédit à
ceux qui ont de l'assurance.

On appela ensuite le témoin Stevens. A ce
nom, la partie féminine de l'assistance parut
prêter une vive attention. Décidément, la répu-
tation du gentleman avait fait son chemin.

Le beau, le correct Stevens entre avec une
aisance parfaite, la main ornée d'un élégant
stick, la redingote serrée à la taille mais aux
larges revers s'épanouissant sur la poitrine;
une rose à la boutonnière, un col d'une admirable blancheur; la cravate nouée avec une
négligence étudiée; les favoris artistement,
peignés s'étendant en éventail; le teint rose,
adouci par un velouté de poudre de riz; bref,
esquire accompli.

« Oh ! charmant gentleman ! » ne purent
s'empêcher de dire deux ou trois délicieuses ladies, en lançant derrière leur éventail un de ces
regards brillants et langoureux que les Français

ne connaissant même pas un seul mot d'anglais
savent si admirablement traduire.

— Monsieur, fit le président, votre déposition est appelée à jeter un jour éclatant sur
cette affaire. Vous avez été le compagnon de
l'accusé, par conséquent vous pouvez apprécier
son caractère, ses passions. Dites la vérité tout
entière. Oubliez votre amitié qui pourrait en-
traver vos révélations.

— Ce n'est pas, dit Stevens, sans une certaine émotion que je viens déposer aujourd'hui
devant la cour. J'aurais même souhaité que
mon témoignage ne fût pas invoqué, car je ne
puis, en vérité, — ma conscience s'y refuse, —
parler contre un collègue.

— Il le faut cependant, reprit le lord-chief de
justice avec fermeté. Soyez sincère.

— Je le serai, monsieur le président. Je comprends trop le prix de la franchisse pour ne
pas dire la vérité sans réserve. Peut-être

avouerai-je alors que la cordialité la plus parfaite ne régnait pas toujours entre notre re-
gretté confrère et M. Norton. Était-ce, comme
bruit s'en est trop souvent répandu, l'ambition, l'envie qui animait M. Norton contre
notre malheureux ami? Je ne saurais porter un
jugement. Je n'ai jamais eu personnellement à
me plaindre de l'accusé : ses violences inexpli-
cables ne m'atteignaient pas ; mon poste étant
inférieur au sien, j'échappais sans doute à sa
jalousie. C'était, en résumé, un camarade sup-
portable. J'aurais souhaité en lui plus d'égalité
d'humeur, plus de respect pour les lois, plus de
soumission pour ses chefs, moins de mépris
pour toutes les choses que le monde révère.
Mais, M. Norton ayant été tout jeune lancé au
milieu des camps américains, composés d'individus sans aveu, sans foi, je lui pardonnais
bien volontiers des défauts qu'il avait autant
puisés dans une déplorable éducation que dans

une nature vicieuse. Cependant nous ne l'aurions pas supposé capable d'un pareil attentat.
Plaise à Dieu que la justice se montre clémente
et que le ciel ait pitié d'un malheureux entré
dans la route du mal !

— Vous n'avez rien à ajouter, reprit le président ?

— Non.

— Vous auriez pu, il me semble, insister sur
l'acte principal d'accusation, sur le meurtre ?

— Monsieur le président, j'ai juré de dire la
vérité.

Je n'ai rien vu.

— Vous avez au moins soupçonné l'auteur
du crime. Pourquoi ne l'avoir pas dénoncé à la
justice ?

— Les conjectures ne sont pas des certitudes,
et je n'osais douter d'un de mes collègues.

— C'est très-honorable, dit le président ; c'est
le fait d'une belle âme ! On a parlé d'une cas-

sette qui aurait été une des causes de l'assassinat ; que savez-vous sur ce sujet ?

— Absolument rien ! J'ignore ce que l'on veut dire.

— Depuis son voyage sous-marin, vous n'avez jamais vu entre les mains de Norton, soit des pièces d'or d'un ancien millésime, soit des pierres précieuses.

— Non, je ne crois pas... excepté pourtant une fois. M. Norton entra dans un comptoir et donna une pièce d'or qui parut fort extraordinaire. On ne la changea qu'avec une sorte de répugnance ; le marchand n'en avait jamais vu de semblables.

— Messieurs du jury, dit l'attorney-général, je vous prie de prendre bonne note de ce fait, qui me paraît être déterminant.

— En effet reprit le lord-chief de justice, voilà un incident que je considère comme très-grave.

Un murmure significatif parcourut l'auditoire.

Stevens se retira, sans fausse honte, avec
toute l'aisance et la bonne tenue d'un cavalier
accompli.

Ce que nous n'essayerons pas de dépeindre,
c'est l'attitude du fougueux Américain pendant
ces diverses dépositions et surtout la dernière ;
il bondissait sur son banc, les gardes qui l'entouraient étaient obligés de lui imposer silence.
Son avocat lui disait : taisez-vous, vous vous
perdez ! et, qui plus est, vous allez me faire
perdre mon procès ! C'est désobligeant !

A chaque seconde, un rugissement de lion
furieux, de fauve emprisonné, sortait de sa
large poitrine.

— Je voudrais les étrangler tous ! s'écriait-ils
Ils m'étouffent dans du coton. Les misérables !

N'insistons pas davantage sur les autres
témoins. Les trois quarts des matelots défilè-

rent devant la barre; il n'en jaillit pas une lueur de plus. Au vingt-troisième marin, deux jurés dormaient du plus profond sommeil. Le président, qui se sentait aussi gagner par une certaine somnolence et qui était attendu d'ailleurs chez lady Somerset, leva la séance assez brusquement.

— Messieurs, dit-il, à demain la continuation des débats.

L'un des jurés endormis se réveilla en sursaut et demanda à son collègue de droite : « Comment çà ! Est-il condamné ? » Tandis que l'autre dit en s'étirant : « Ah ! ma bonne amie !... » Mais respectons les dormeurs et leurs illusions.

XVI

LE JUGEMENT

En Grande-Bretagne, le jury est littéralement prisonnier ; une sorte de cercle sanitaire l'entoure pendant toute la durée du procès.

Les jurés furent donc retenus captifs dans le plus somptueux café de Londres ; ils y obtinrent, du reste, tout le confortable désirable ; chacun trouva même sur sa table ce meuble indispensable : une Bible. Il leur fut permis de se promener, — sous bonne escorte, — dans les verts

jardins de Mittle-Temple ; on les fit assister au
service divin ; naturellement on les couvrit de
brochures évangéliques.

A l'heure précise les débats recommencèrent.
L'auditoire était aussi compacte que la veille.
Des places furent louées jusqu'à 20 livres sterling ! Mais ne nous attardons pas davantage à
l'aspect de la salle.

Si l'accusation avait eu beau jeu la veille,
maintenant c'était à la défense à prendre sa
revanche. L'avocat de Norton, en homme qui
connaît son métier, parla d'abord sans s'arrêter
pendant cinq heures. Malgré cela, le jury ne
s'était pas rendu, c'était évident ; aussi le défenseur ne vit plus qu'un seul moyen : le réduire par l'opiniâtreté. Il semblait dire aux jurés : « Ah ! sottes gens, triples buses, vous ne
voulez pas mordre à mes arguments, vous serez
bien forcés de vous rendre lorsque je vous aurai tués de fatigue ! » De méchantes langues

prétendent qu'il se gagne beaucoup d'affaires par ce procédé, et les plus grands avocats..... mais chut! Norton, au paroxysme de l'impatience, impose tout à coup silence à son défenseur.

— Eh! qu'est-il besoin de tant bavarder, s'écrie-t-il, pour dire nettement au jury que je suis un honnête homme, que je suis incapable d'avoir tué M. de Sartène! Sur l'honneur, je me déclare innocent!

— Ah! permettez! reprit l'avocat, piqué au vif par le mot injurieux *bavarder*, échappé au fougueux Yankee. Permettez! monsieur Norton, je vous rappellerai que tous les beaux messieurs défendus par nous se déclarent invariablement de petits saints! Le barreau connaît la valeur de cette phrase : *Je suis innocent!*

— Et par tous les diables! exclama l'Américain, je me soucie pas mal de l'opinion du barreau et de la vôtre en particulier; j'ai la conscience pour moi : c'est mon dieu ! Je ne suis pas meurtrier ; j'aimais M. de Sartène, et n'avais aucun intérêt à attenter à ses jours.

— Ah ! pour cela ! fit avec aigreur l'avocat, de plus en plus froissé de la liberté de langage de Norton, vous me permettrez, mon cher monsieur, de douter de votre parole. Je n'aurais pas grand'peine à faire comprendre, si j'étais avocat de la partie adverse, l'intérêt assez positif que vous aviez à voir partir votre supérieur.

— Eh ! monsieur ! un homme de cœur suit droit son chemin et fait sa trouée quand même, sans commettre de crimes !

— Oui, reprit avec amertume l'avocat, mais le point est précisément de savoir si l'homme en question a du cœur ; il ne serait peut-être pas bien difficile de prouver que vous en avez manqué plus d'une fois...

Le président agita sa sonnette. Chacun se tut.

— Je ferai une simple remarque à l'honorable défenseur, dit-il lentement et avec un grand sang-froid : je le prierai de se souvenir qu'il doit, non accuser, mais défendre le prévenu. Je l'engage à ne pas sortir de son rôle.

Un rire unanime, éclatant, partit de tous les points de la salle. Cette joyeuse leçon dérida les plus moroses, les plus accablés par les cinq heures de plaidoirie. C'était enfin cette note gaie qui ne manque jamais jaux plus lugubres procès.

L'incident arrêta court l'avocat. Sauf lui, personne ne le regretta. D'ailleurs, il se faisait tard; sept heures venaient de sonner. Les magistrats, impatients d'en finir, regardaient à chaque instant leur chronomètre, et témoignaient, par quelques mots échangés avec leurs

10

voisins, le souhait qu'ils formaient de regagner leur maison, où les attendaient sans doute de douces ménagères', maugréant contre les lenteurs du tribunal, et surtout contre leur maître ! Quand au jury, il était littéralement anéanti, atterré, abasourdi, presque hébété ; certes, nous n'oserions pas dire qu'on le reconnaissait bien là, mais, neuf fois sur dix, c'est ce qui a lieu dans les affaires importantes. Les membres de cet estimable corps, étant pour la plupart habitués à vivre au grand air, souffrent énormément d'être emprisonnés. A la fin des séances, ils arrivent à une sorte de prostration qui frise l'idiotisme. De là des verdicts qui ne sont pas souvent sans confondre les gens quelque peu sensés. Mais la justice se dit infaillible, et le public ne s'intéressant bien, en somme, qu'à ce qui le touche personnellement, oublie vite les malheureux qui montent à l'échafaud et qui auraient pu en être quittes pour quelques an-

nées de réclusion. Autant en emporte le vent !
Heureux tribunaux !

L'attorney se lève. A cette vue, quelques assistants qui n'avaient .pas prévu ce nouveau
coup du sort abandonnent leurs places et veulent s'esquiver. Un homme de garde leur défend
de sortir. Il faut attendre l'issue du procès.
Lord Broughton, irrité, brandit sa canne sur un
huissier; ce dernier, en homme intelligent,
dresse immédiatement procès-verbal.

Pendant cet incident, qui fait sourire même
le président, l'attorney a débité son *speech*, et
en homme d'esprit il l'a fait court. Le président
accélère son résumé. Personne n'écoute. Peu
importe ; tout va bien.

Enfin, le jury entre en délibération. Au bout
de dix minutes, il revient dans la salle des
séances. Grande émotion, silence absolu ; tout
le monde est maintenant parfaitement éveillé.

Norton est ramené à la barre.

Le clerc d'accusation pose aux jurés la question d'usage :

— Êtes-vous d'accord sur votre verdict ?

— Oui, répondit le chef du jury,

— Trouvez-vous le prévenu coupable ou non coupable ?

Le chef du jury répliqua d'une voix qu'il fit tous ses efforts pour rendre ferme :

— Oui, nous trouvons le prévenu coupable.

— Mais, s'écrie Norton, vous êtes donc insensés, mes bons messieurs ; s'il y a des coupables ici, ce sont ceux qui me condamnent. Je suis innocent !

Le lord-chief de justice interpelle sévèrement le condamné et lui fait remarquer qu'il manque de déférence envers la justice.

— Et par l'enfer ! exclame le malheureux Américain, comment, vous allez peut-être m'envoyer à la potence, et vous dites que je manque de déférence envers la justice, qui,

rendue par des juges comme vous, est l'igno-
minie, la plaie de la société !

— Nous sommes surpris, dit avec conviction
l'attorney-général, nous sommes singulièrement surpris que le condamné ne rende pas
hommage à la douceur de nos procédés ! Nous
l'avons traité avec un incroyable ménagement ;
sa conduite est, en vérité, sans précédents.

— J'engage le condamné, reprit le président,
à attendre patiemment que notre sentence soit
prononcée.

« Norton, après une longue et impartiale
procédure, continua-t-il, vous avez été convaincu par l'équitable jury du crime de meurtre
avec préméditation. Mes deux collègues et moi,
après avoir suivi ce procès avec l'attention la
plus scrupuleuse, nous ne pouvons qu'acquies-
cer à ce verdict. Les circonstances du crime
sont tellement aggravantes qu'il serait impossible d'en diminuer l'horreur. Est-ce le premier

10.

que vous avez commis? C'est là un secret entre
Dieu et votre conscience. Vous allez payer de
votre tête votre dernier attentat; il faut vous
préparer à mourir. J'ai confiance que, si vous
ne pouvez plus espérer le pardon en ce monde,
vous pourrez, par le repentir, obtenir dans l'autre celui du Tout-Puissant.

« La Cour décide que la sentence sera exé-
cutée à Limerick. Cet exemple pourra détourner
de commettre d'aussi atroces attentats. Par là
il sera prouvé que la science du crime, si habile
qu'elle soit, ne peut empêcher l'assassin véritable d'être découvert et puni ; si bien préparée
que puisse être la tactique du criminel, la Pro-
vidence a voulu que la justice eût toujours des
moyens de déjouer les ruses et de faire jaillir
la vérité.

« Condamné Norton, vous serez conduit dans
la geôle de Limerick, puis amené sur la place
de l'exécution, et là, vous serez pendu par

le cou, jusqu'à ce que mort s'ensuive ; votre corps sera enseveli dans l'enceinte de la geôle de Limerick. Puisse le Seigneur avoir pitié de votre âme ! Ainsi soit-il. »

— Eh bien ! mes chers ! dit avec un ricanement terrible l'infortuné Norton, vous n'êtes que d'infâmes comédiens ! Gardes ! emmenez-moi !

Et il se laissa entraîner sans verser la moindre larme.

XVII

LA POTENCE

Quelques jours après, Norton est transporté dans la geôle de Limerick, en attendant l'exécution de la sentence.

Jusqu'alors la population irlandaise n'avait eu que le pâle reflet du drame de la cour d'assises. La nouvelle que le condamné allait expier son crime à Limerick la combla de joie, de cette joie hideuse qui s'empare trop souvent du peuple lorsqu'on donne un libre cours à l'explosion de ses sensations brutales. Son vieux levain de barbarie ses oulève alors, et il se montre dans toute sa férocité primitive.

Au lieu d'être douloureusement impressionnée à la pensée qu'un innocent allait peut-être mourir, la population irlandaise, acceptant sans conteste le jugement, s'excitait, s'exaltait et aspirait à voir le corps de l'Américain balancé au bout de la corde fatale. Que dis-je? Pendre le coupable n'était, aux yeux de ces bons habitants de Limerick, qu'un châtiment insuffisant. Il aurait fallu le brûler à petit feu, l'écarteler ou l'écorcher vif! Le peuple, toujours excessif, faisait du pauvre diable de Yankee un monstre, un vampire.

Cependant, reconnaissons-le, une sorte de réaction s'opéra dans beaucoup d'esprits en faveur du condamné; quelques personnes commençaient à dire tout haut : « Peut-être pourrait-il y avoir un autre meurtrier que Norton? »

Le major gouverneur de la geôle était littéralement accablé de lettres à l'adresse de celui
dont on pouvait compter les heures. Les uns
lui envoyaient des poésies ; — d'autres, des
missives à peu près ainsi conçues : « Avant de
mourir, vous pouvez faire ma fortune, adressez-
moi des autographes ! » Ou : « un mot de vous ;
en le vendant, je paye toutes mes dettes ! »

Norton déchirait en mille morceaux ces épi-
tres saugrenues ou sottement méchantes ; il
piétinait dans son cachot et jetait aux murs de
sa prison les plus formidables imprécations
contre les hommes !

Six associations religieuses firent parvenir
au directeur de la prison de petits traités évangéliques, en priant avec instance de les soumettre au condamné. La mission fut accomplie.
Norton accueillit les brochures avec un sourire
satanique : « Les fourbes ! s'écria-t-il, ce n'est
pas assez de me tuer, ils veulent encore m'avi-

lir ! » Et il les repoussa avec indignation.

Un habitant de Cork adressa, — dès le jour de l'arrêt, — une véritable supplique au chef de la police de Limerick ; il sollicitait, le misérable, l'honneur d'être désigné pour exécuter le célèbre assassin.

Des commères superstitieuses réclamaient déjà quelques parcelles de la corde du pendu ; deux eurent la cruelle audace de demander à Norton lui-même d'intercéder en leur faveur auprès du bourreau !

Tout cela paraît insensé de subtilité, de raffinement bestial : ce n'est cependant que l'exacte vérité.

Le jour fixé pour l'exécution fut le 28 octobre. On ne publia rien, mais chacun le sut. Les fêtes du meurtre trouvent toujours des messagers qui saisissent les nouvelles, pour ainsi dire au vol, et les colportent avec une sorte d'ivresse.

Les places étaient déjà retenues dans les

cafés, dans les restaurants voisins de la geôle :
on voyait de toutes parts appendues aux fenêtres
des pancartes avec ces seuls mots : « Places à
louer pour l'exécution. »

Le 28 octobre, dès deux heures du matin, la
foule affluait sur l'emplacement où la potence
allait se dresser, c'est-à-dire tout près de la
prison. A cinq heures, on évaluait le nombre
des curieux à plus de 60,000 ; l'exécution était
cependant fixée pour huit heures !

Plus de deux mille individus s'étaient installés
dès la veille sur la place et y avaient bivaqué,
emportant avec eux des siéges, de la nourriture
et du brandy. Ces orgies en plein air et sous
l'échafaud étaient horribles à considérer. A côté
des manouvriers du plus bas étage, il y avait des
élégants et des petites-maîtresses, armés de lor-
gnettes et qui étaient venus là avec autant de
sang froid qu'aux courses. Certes, ces derniers
n'étaient pas les moins méprisables.

11

Huit heures sonnent! Un piquet de trente constables fait cercle autour de l'échafaud ; des policemen repoussent à coups de poing et de bâton le peuple ignoble qui se rue jusqu'à la base de la machine de mort.

Craignant quelque accident, quelque tentative de délivrance, le chef de la police fait placer aux quatre coins du gibet de forts détachements de soldats.

Quelques minutes s'écoulent encore dans l'attente du condamné ; irrités de ces lenteurs, plusieurs des assistants vocifèrent et demandent à grands cris : « le criminel! le criminel! » — Mais, tout d'un coup, un immense hourrah s'élève du milieu de la foule et se propage sur cette assemblée immense comme une sorte d'ouragan. — Norton, en effet, vient de paraître.

Il porte une partie des vêtements qu'il avait lors du procès : ses bras sont liés derrière le dos, une veste brune est jetée sur ses épaules.

Sa tête n'a rien perdu de son caractère âpre, énergique ; il regarde le public en face, fixement, et semble le mettre au défi de surprendre en lui le moindre indice de lâcheté, de faiblesse.

Avant qu'il quittât sa cellule, le shériff lui avait posé cette question, qui fait partie de l'étiquette des condamnations à mort :

— Avez-vous des aveux à faire ?

— Des aveux! Je déclare à la face du ciel qué je n'ai pas commis le crime dont on m'accuse. Je suis victime d'une erreur !

— Connaissez-vous alors le coupable?

— Non. D'ailleurs, j'aime mieux mourir que d'accuser un autre peut-être injustement !

— Alors tout est fini. Abandonnez-vous à Dieu, répondit froidement le shériff.

Des hurlements de joie, des injures, des

huées, des quolibets, accueillirent l'entrée en
scène du malheureux condamné.

En présence d'une population aussi sauvage,
Norton conservait tout son sang-froid et levait
les épaules d'indignation.

— Permets-moi, bourreau, de dire quelques
mots à ces misérables ; une minute seulement,
puis je me livre à toi ! fit-il avec dignité. Bientôt,
continua-t-il en s'adressant à la foule, vous
allez voir comment sait mourir un citoyen de
la libre Amérique ! Votre infâme justice m'étran-
gle ! Je le jure sur ce que j'ai de plus sacré au
monde, sur ma belle patrie, sur mes grands
fleuves que je ne reverrai plus, sur la liberté,
ma vraie religion, je suis innocent !...

Il se livrait, lorsque le shériff parut, fit un
signe expressif au bourreau chef, et prononça
quelques paroles que la foule n'entendit pas. —
L'exécution fut suspendue ; — voilà ce que le
public comprit. Que s'était-il passé ? Pourquoi

différait-on l'assassinat juridique ? Pourquoi ?
Dans une attente fébrile, le peuple se le demandait. On lui avait promis la mort d'un
homme ; il était accouru, il la voulait, — il avait
appétit de meurtre, — on ne lui servait pas sa
pâture !

Norton fut entraîné par deux gardes, et, pré-
cédé du shériff, descendit de l'échafaud. Un
murmure, une sorte de grondement, courut à
travers le public, comme une ondulation à la
surface des flots.

Le bourreau articula quelques paroles qui
furent étouffées par la clameur toujours gros-
sissante. On vit ensuite ranger quelques appareils de la potence. Le tumulte devint indes-
criptible.

Pendant que le condamné s'acheminait du
côté de la prison, entre deux haies de soldats,
une sorte de tempête s'empara de la multitude.

— A mort ! à mort ! Norton ! Norton ! à mort ! vociférait-on de toutes parts.

Qu'on se figure quarante à cinquante mille individus déçus dans leur espoir, ayant campé pendant une nuit pour jouir d'un spectacle, — spectacle hideux, — mais qu'importe ! Il y a dans la populace les raffinés de l'ignoble, comme, dans d'autres classes, des délicats du beau. La toile, pour ainsi dire, était levée ; l'acteur manquait à son rôle, la scène restait vide. La foule voulait à tout prix n'être pas mystifiée. Il lui fallait une victime, un pendu, — elle voulait assister à une agonie, tressaillir à la vue des convulsions, elle avait soif d'un drame. Son attitude était terrible. Le peuple assemblé n'est, en de certains instants, qu'une bête fauve, n'entendant plus, ne comprenant plus, n'écoutant plus que ses passions, que son tempérament féroce.

En vain un homme de justice se montra sur

la plate-forme et voulut donner des explications. Impossible. Sa voix fut immédiatement
couverte. La foule devenait une menace. Cinquante mille têtes qui, à la même minute, à la
même seconde, n'ont qu'une pensée, qu'une
volonté prête aux mêmes déterminations, aux
mêmes actes, aux mêmes excès ! Quelle puissance ! C'est la tempête qui se déchaîne, c'est
la mer qui brise les digues. Les gardes se
voyaient impuissants à retenir l'exaltation
bouillonnant de plus en plus.

— A mort, le condamné ! à mort ! à mort !

De nouveau apparut l'exécuteur. Il fut hué
comme un comédien qui n'a pas su son rôle.
Quelques hommes lui montrèrent le poing en
l'injuriant.

Dix minutes, un quart d'heure se passent.
Rien. Le condamné ne revient pas. Le peuple
supposait, en effet, qu'on avait reconduit le
prisonnier à la geôle pour obtenir de lui quel-

ques révélations. On s'attendait donc à le voir
revenir.

Le temps s'écoule, rien. Comme l'échafaud
paraît abandonné, déserté, quelques jeunes
gens se hasardent à l'escalader, voulant voir de
près la machine de mort, peut-être avant de
l'expérimenter eux-mêmes ! L'échafaud fascine
la populace, comme l'œil du serpent attire.
Des gamins, — il en est partout, — se mirent à
jouer avec la corde ; — l'un d'eux fit mine de
se l'enrouler autour du cou et tira démesuré-
ment la langue. Cette pantomime plut. Le public riait. Le rire côtoie l'agonie. Un ouvrier
aux épaules d'athlète, à l'œil morne, à la tête
bestiale, laissa tomber sa large main sur un
pauvre chien, fourvoyé on ne sait comment au
milieu de cette tourbe, puis, l'enlevant par la
peau du cou jusqu'à la hauteur de la plate-
forme :

— Tiens, dit-il, John, pends-moi cette bête-
là !

Les enfants sont aussi cruels que les hommes
sont impitoyables. Trois des bandits sautèrent
sur l'animal, qui poussait des hurlements de
détresse ; en un clin-d'œi la corde lui fut passée
autour du cou ! On fit jouer la manivelle, le
chien fut lancé dans l'espace en se tordant sur
lui-même dans les contractions suprêmes de la
souffrance.

Un éclat de rire accueillit cette heureuse
idée.

— Hourrah ! hourrah ! Bravo ! bravo !

La populace voulait une agonie. Elle en avait
une, moins curieuse, il est vrai, que celle
qu'elle était en droit d'attendre.

Elle contempla d'un air stupide le corps, qui,
après trois ou quatre soubresauts, se roidit,
— et lorsqu'on fut bien convaincu que l'animal était mort, la foule commença à s'ébran-

ler. Le flot s'éclaircit, s'écoula peu à peu

Les derniers qui partirent lancèrent en signe d'adieu, comme sur une cible, quelques pierres au chien dont le cadavre rigide se balança régulièrement à la manière d'un pendule.

XVIII

ÉTRANGE RECONNAISSANCE. — RÉCIT D'UN NOYÉ

Que s'était-il passé ? Qu'est-ce qui avait subitement entravé la justice, d'ordinaire si expéditive dans l'exécution de ses arrêts ? Ce ne pouvait être qu'un incident de la plus haute importance.

Norton, reconduit à la geôle, entra dans une des salles basses voisines du cabinet directorial. Tout à coup, on le mit en présence d'un jeune homme blond, au regard sympathique, à

la physionomie expressive, bien qu'empreinte
de souffrances.

Cette apparition sembla le confondre. Il se
passa les mains sur les yeux et sur le front,
comme un homme qui sort d'un rêve.

— Suis-je donc mort ! fit-il.

— Non, non ! cher Norton, mais c'est moi
qui suis encore parmi les vivants, s'écria le
jeune homme.

— Oh ! mon ami, mon cher de Sartène,
que je suis heureux de vous revoir avant de
mourir, dit Norton en se jetant dans les bras
du jeune ingénieur.

—Mais vous ne mourrez pas ! j'accours pour
vous sauver !

— Voyons ! par l'enfer, je rêve, fit alors
Norton, à qui les insomnies des nuits précé-
dentes et les émotions du moment ôtaient de
la lucidité ; je m'abuse ; vous ne pouvez être
M. de Sartène. Il est mort au fond de l'océan !

Il y a quelque erreur ! La mer ne rend pas vivants ceux qu'elle engloutit. Vous ne pouvez être de Sartène !

— Mais, par le ciel, je le suis, je le jure !

— Non, ne me trompez pas, c'est impossible !

— Impossible ! J'ai été sauvé miraculeusement; emporté par un courant avec une rapidité vertigineuse, jeté sur les côtes d'Amérique, repêché plus mort que vif, et me voilà remerciant Dieu, ne demandant qu'à vivre, qu'à aimer ceux qui m'aiment, et qu'à empêcher mon pays de commettre un crime en faisant mourir un innocent, le meilleur de mes camarades !

Cette fois, Norton ne doutait plus. Il avait reconnu la voix, les gestes, l'explosion généreuse de son ami. Il l'enlaça de nouveau cordialement dans ses bras, et, sans se soucier de suivre rigoureusement les usages civils, il l'em-

brassa comme un frère en pleurant de bonheur.

Geôliers, gardes, shérifs assistaient à cette
touchante reconnaissance. Tous ces hommes,
moins durs, moins insensibles au fond qu'à la
surface, se sentaient doucement émus. Ils
auraient été sans trembler les témoins de l'exécution ordonnée par la loi; mais maintenant,
convaincus de l'innocence de Norton, ils brû-
laient de le voir en liberté.

Henri de Sartène dit à Norton :

— Eh bien ! qui nous retient ? Partons !

— Pardonnez-moi, monsieur, fit alors le directeur en dissimulant un certain embarras,
nous n'hésitons pas une seconde à croire à la
non culpabilité de M. Norton, mais la justice
a prononcé, nous n'avons pas le droit, sans
un arrêt nouveau de la haute cour, de mettre
en liberté l'accusé.

— Si ce n'est que cela, s'écria de Sartène,

nous sommes en règle. Voilà une lettre qui dissipera tous vos scrupules.

Et il lui tendit un papier qui ne laissait, en effet, aucun doute.

— Monsieur, dit alors le directeur de la prison, vous êtes libre.

Ce mot, ce mot sublime sous-entend la vie ; il est de ceux, hélas ! que les condamnés à mort ne sont pas les seuls à aimer.

Quelques poignées de mains sympathiques furent échangées, des pièces de monnaie offertes et reçues ; ne sait-on pas qu'un pendu laisse toujours quelque chose après lui, ne fût-ce même que sa corde ? C'est bien le moins que, le cas échéant, les employés d'une prison n'aient pas à regretter de saluer la grâce de quelqu'un. Définitivement, les portes s'ouvrirent et se refermèrent ; on fut dehors ; on put respirer l'air, l'air vivifiant, toujours si pur de l'indépendance.

— Eh bien ! fit Norton, tout à fait certain, cette fois, de ne plus être le jouet de quelque illusion, puisque l'on veut bien croire enfin que je suis innocent, quel est donc le coupable ?

— Le coupable ! reprit de Sartène, c'est... mais je ne puis encore rien dire. Vous le saurez plus tard, mon ami. Permettez-moi de ne pas vous répondre en ce moment.

— A votre fantaisie, mon cher ! Vous me donnerez au moins des détails sur votre délivrance. Pour moi, vous êtes encore un revenant.

— Allons, franchement, Norton, vous ne devez pas vous en plaindre !

— Diable ! deux minutes plus tard et j'étais au bout de la corde !

—Aussi, que d'angoisses pendant toute cette nuit ! Cette lettre, cette lettre bien aimée n'arrivait pas. Le télégraphe restait muet. On re-

fusait de m'entendre, de me croire. On me
prenait pour un imposteur !

— La mort ne voulait décidément pas de
moi !

— Aussi, mon cher Norton, afin de ne pas
mourir de faim, allons déjeûner. On nous attend chez mon excellente mère, qui a tout pa-
pavoisé en l'honneur de mon retour et du
vôtre.

— Et miss Anna? dit l'Américain avec un
fin sourire.

— Miss Anna prenait aussi le voile, la pauvre enfant !

— Et bientôt elle prendra le deuil en vous
ayant à son bras... n'est-ce pas, collègue?

— Il se pourrait...

— Je demande à être témoin. La libre Amérique n'est jamais déplacée nulle part; j'ai vu
la mort de près, je veux côtoyer le mariage !

— C'est convenu, homme courageux !

On arriva bientôt à la petite maison de madame de Sartène. Tout était en fête. La mère Dicket était à ses fourneaux. Un parfum de cuisine gaie remplissait toute la maison : les mets roussissaient, le beurre crépitait dans la poêle. Ce qui valait mieux, miss Anna chantait ! Quant à madame de Sartène, elle allait de droite et de gauche, apprêtant, arrangeant, disposant tout pour son cher fils.

— Mon ami, dit Norton, voilà le bonheur !

On se mit à table. Dieu sait si l'on eut à causer.

— Voyons, fit l'Américain, maintenant que nous sommes tranquilles comme des bourgeois de la Cité de Londres, je réclame une conférence ; donnez-moi des détails explicites sur votre incroyable délivrance. Elle tient du prodige !

— En effet, c'est une véritable résurrection ! répliqua Henri ; cependant, si l'on connaissait

mieux les grandes lois de la géographie physique sous-marine, peut-être s'expliquerait-on
comment je suis sorti sain et sauf du fond de
l'Océan.

— A vous d'être le continuateur du commo-
dore Maury, fit en souriant Norton ; auriez-
vous l'intention de recommencer votre explo-
ration pour enrichir la science de nouveaux
renseignements ?

— Pas précisément ; mais, je le répète, si
l'on avait des notions plus précises sur les
grandes lois de la physique terrestre, on com-
prendrait certains faits que j'entrevois seulement. Ce qui me paraît évident, c'est que les
courants d'eau chaude et d'eau froide filent en
sens opposés. Celui-ci, par exemple, s'élance
vers l'est, celui-là vers l'ouest. La nature n'est
qu'oppositions. Le froid succède à la chaleur,
le beau temps au mauvais. Le vent impétueux
au calme plat... Le gulf-stream est dû au mou-

vement de la terre : pendant qu'il court dans
un sens, notre globe tourne dans l'autre.
Pourquoi, d'ailleurs, n'y aurait-il pas d'oura-
gans au fond de l'eau. Tout ce que l'on trouve
en dessus, on le retrouve en dessous.

— Diable ! ces théories peuvent être justes ;
mais expliquez-nous une chose plus simple.
Comment l'eau ne vous a-t-elle pas asphyxié ?

— Vous oubliez, mon ami, reprit le jeune
ingénieur, que nous emportions avec nous une
certaine provision d'air respirable, grâce à l'appareil Rouquayrol-Denayrousse. Après l'accident, — la cause en sera bientôt dévoilée, il le
faut, — les parois de la conduite d'air, je ne
sais comment, se soudèrent pour ainsi dire les
unes aux autres. Enfermé dans mon scaphandre comme dans une boîte, je fus entraîné par
le courant. J'oscillai sur moi-même pendant
quelques secondes, — je m'abandonnais à la
destinée fatale, lorsqu'un torrent impétueux,

vers lequel je me sentais poussé par une attraction irrésistible, m'enveloppa. Je tournoyais
comme la toupie d'un enfant, puis, définitivement, lancé au milieu de cette espèce de
fleuve, je fus emporté avec la vitesse de
l'éclair.

J'ouvris les yeux et je vis passer devant moi
toutes les horreurs grandioses du fond des
mers. C'était un mélange confus, immonde, de
reptiles, de chiens marins, d'effroyables poissons aux formes inconnues dans les régions
hautes de l'Océan. Il y avait des monstres ver-
dâtres qui ouvraient de grands yeux vitreux et
voulaient me dévorer ; mais le courant m'entraî-
nait dans une course rapide, vertigineuse. Ce
fut mon salut. Durant ce voyage impossible à
décrire, j'aperçus toutes les merveilles du
monde sous-marin. Pour moi, elles ne fai-
saient qu'apparaître et disparaître. Je me
trouvais sur certains points entouré de pois-

sons-mouches, qui sautaient de branche en branche, semblables à des colibris. Plus loin, d'épais nuages de mollusques phosphorescents roulaient sur eux-mêmes, emportés par le courant. J'ai aperçu des araignées de mer presque aussi grosses que des caïmans, aux yeux glauques, qui furent sur le point de m'agripper dans leurs pinces. On ne peut soupçonner les panoramas étranges, fantastiques, qui se cachent dans ces abîmes. Des lueurs s'échappent parfois de dessous les rochers et inondent le voisinage d'une teinte blafarde, qui rappelle celle de quelque lumière électrique. Ce sont probablement des amas de zoophytes ou de céphalopodes. Dans les parties les plus basses, la vie n'a pas complétement disparu, il y a des êtres, partout la végétation se montre. Les espèces sont seulement différentes et de coloration plus pâle, généralement verdâtre.

Respirant de plus en plus péniblement, je

me sentais à peine vivre ; il vint même un instant où je perdis connaissance.

Lorsque je me réveillai de l'espèce de léthar-
gie où m'avait plongé mon effroyable aventure,
j'avais autour de moi cinq à six personnes qui
me frictionnaient et me réchauffaient. L'appareil avait été arraché, déchiré ; j'étais étendu à
côté d'un grand feu allumé sur une plage.

Vous dépeindre l'impression que je ressentis
serait impossible ! Je renaissais. Les idées re-
commençaient à me revenir, mais faiblement,
lentement. J'aperçus d'abord le ciel ; il me
semblait qu'une musique douce, harmonieuse
vibrait dans l'espace. Je voulais proférer quelques mots ; la force me manquait. Enfin, peu
à peu, ce fut la vie !

Je me rendis alors compte de ce qui s'était
passé, et pour la première fois j'eus peur !

Vous pouvez prévoir la suite de mon récit ;
le sort m'avait jeté sur un îlot à peu de dis-

tance des côtes américaines. Les pêcheurs, malgré leurs soins et leur bon cœur, n'avaient pu accomplir un miracle, me mettre sur pied en une journée. La secousse avait été si forte, l'asphyxie si près d'être complète, que je fus sur le point de mourir de faiblesse, alors que, plus que jamais, j'aspirais à la vie pour vous revoir, pour vous aimer.

Mais Dieu ne m'abandonnait pas ! Quelques semaines s'écoulèrent au milieu de ces braves gens, qui, en fait d'histoire, en étaient encore à Washington, à Lafayette et à Napoléon Ier. Jugez du reste ! Le lointain écho de ces seules gloires ne faisait que de parvenir jusqu'à eux ! Bien que considéré comme fou, parce que je m'inquiétais devant eux de la réussite de la pose d'un fil devant porter la pensée à travers les mers, j'étais adoré de mes solitaires.

— Restez parmi nous, me disaient-ils, le poisson abonde sur nos côtes, nous vous donnerons une cabane, des filets, des harpons, tout ce qui constitue le bonheur!

Je les remerciai avec empressement! Je brûlais de revenir; mais comment voyager sans le moindre argent? Jugez de mon embarras. J'aurais bien emprunté à mes sauveurs, mais ils avaient réalisé l'idéal du philosophe : vivre sans fortune. Je me fis conduire sur la terre ferme. Le village le plus voisin était habité par des quakers; on m'y reçoit comme un frère. Nouvelle difficulté! Mes quakers ne connaissaient aussi l'argent que par ouï dire. Je ne désespère pas! Nous avons tous notre fortune dans notre énergie, une carriole est mise à ma disposition. Je pars, conduit par un ami à large chapeau, qui me mène à la gare la plus rapprochée, c'est-à-dire à quarante lieues de là. Je m'entends avec le chef du train; je paye ma place en conférences, c'est convenu. Je confère de wagon en wagon! On m'écoute, on

12

m'applaudit, on me solde ainsi mon passage.

J'arrive enfin à New-York. On m'y croyait mort; j'étais oublié! La ville était en fête. On ne pensait, en fait de noyés, qu'au câble transatlantique, dont le triomphe était enfin assuré. Bref, je m'embarque, et me voilà le plus heureux des hommes du monde, après en avoir été le plus infortuné.

— Belle histoire! exclama Norton, aussi palpitante au moins que la mienne! Mais à propos, puisqu'on m'accusait d'un crime, il doit y avoir un coupable, peut-être deux...

— Il n'y en a qu'un seul, — un seul, je le répète, articula nettement Henri.

— Mais hâtez-vous donc de dénoncer son nom à la face du monde. Jamais assassin ne fut plus infâme.

— Je désire, en effet, que justice soit rendue plus encore pour vous que pour moi, j'y songe.

Permettez-moi cependant de ne pas ébruiter encore le nom de l'assassin.

— Surtout, pas de miséricorde au moment venu ! La clémence est la passion des grands cœurs ! Soyez fort contre vous-même, mon ami ; je ne crois pas à la justice de vos juges idiots, de vos jurés abrutis, mais je vois au-dessus de l'humanité une justice universelle qui découle directement de la conscience. Pardonner aux uns, sévir contre les autres, c'est l'illégalité consommée ! Il faut laisser passer les peccadilles, jamais les crimes.

Les deux amis devisaient ainsi lorsqu'un employé subalterne du télégraphe entra et déposa sur la table une douzaine de dépêches.

— Rien que cela ! dit Norton ; vous recommencez à correspondre avec la terre entière.

— Non, mais je tiens à savoir où se réfugie le misérable qui, non-seulement voulait ma mort, mais qui, par son plan infernal, vous conduisait ainsi infailliblement à l'échafaud.

— En effet ! le coquin, s'il savait votre retour, pourrait bien prendre la fuite.

Henri dépouilla tous les télégrammes. L'un,
venu de Londres, portait cette réponse : pas de
renseignements, nom inconnu ; un autre, daté
de York, contenait ces mots : — Nous avons
vu l'homme dont vous parlez ; il est en ce moment en Écosse ; — enfin un télégramme d'É-
dinbourg était ainsi conçu : il est ici.

— Lisez ces trois mots, l'ami Norton, fit de
Sartène, et vous proclamerez avec moi que, si
la haute cour de justice se fourvoie quelquefois,
la basse justice, la police, se fait assez bien en
Angleterre. Je connais maintenant le gîte du
scélérat. J'envoie l'ordre de l'arrêter. Avant
deux heures il passera devant le coroner.

Tout fut exécuté suivant les suppositions du
jeune ingénieur ; trois jours après, descendait
du chemin de fer, entre deux agents, un

homme qui fut dirigé sur la geôle de Limerick. De Sartène fut sur le champ prévenu, pour que la confrontation eût lieu.

XIX

LA CONDAMNATION

A une semaine de là, quatre hommes gravissaient les longues falaises qui, dans le comté de Kerry, bordent l'embouchure du Shannon ; ils suivaient un étroit sentier sinueux tracé sur les bords mêmes du précipice.

Il pouvait être trois heures du matin ; c'était une de ces nuits du commencement de novembre, nuit brumeuse, humide, d'un froid

pénétrant. Pas une étoile au ciel, partout des
ténèbres.

Le plus grand des quatre individus marchait
le premier, serré dans sa cape, un chapeau de
feutre sur la tête, tenant à la main gauche une
lanterne, à la main droite un révolver. Son pas
semblait ferme, résolu.

Immédiatement derrière lui venait un homme
de taille moins élevée, les poings solidement
liés par une corde, le corps légèrement penché
en avant, la tête inclinée sur la poitrine.

Ensuite, marchaient un jeune homme enve-
loppé d'un manteau jusqu'aux yeux, et, en
dernier lieu une personne de taille moyenne
portant une épée.

Pas un mot n'était prononcé par ces quatre
individus. Ce silence dans la nuit profonde
avait quelque chose de sinistre.

L'on atteignit une croupe de gazon dominant

la mer ; sur cette éminence se dressait une maison perdue dans la solitude.

Guidés par l'homme à la lanterne, les voyageurs se dirigent vers l'habitation. L'un d'eux frappe à la porte. Une vieille ouvre, tenant une lumière que la brise éteint du premier coup. L'on entre tant bien que mal, en s'appuyant aux murailles : une lueur indécise filtre du côté d'un escalier qui mène à une cave. On descend : trois buveurs sont attablés à côté de pots de gin.

— Allons ! c'est bien ! dit le premier des voyageurs, vous êtes gens d'exactitude. C'est bien. Jack ! Depuis quelle heure la marée monte-t-elle ? En vérité, depuis que je suis habitant de terre ferme, — bien malgré moi, — j'oublie mon calendrier nautique.

— Mon ingénieur, répondit le matelot avec une certaine déférence, la marée a commencé à monter à une heure du matin.

— Merci! merci! à propos, vous savez pourquoi nous vous avons commandé de venir ici?

— Nous nous en doutons un peu, repartirent les matelots.

— Messieurs, continue Norton, nous ne pouvons rester ici; ce que nous avons à dire, il faut que le ciel et la mer puissent l'entendre. Qu'en pense M. de Sartène?

L'homme à la houppelande, qui n'était autre, en effet, que Henri de Sartène, souleva le rebord de sa casquette et répliqua :

— Nous devons nous rendre à la pointe de Kilconly.

— Alors, partons, reprit Norton. L'air est empesté ici.

Durant ces quelques phrases échangées, l'individu aux mains liées avait conservé un mutisme absolu. Sa physionomie révélait surtout un état de prostration, d'atonie. Nos lecteurs

ont sans doute reconnu en lui l'auteur présumé du crime, le beau, le séduisant, le correct
Stevens. Quant au quatrième voyageur, c'était
le matelot Dick, l'autre compagnon des ingénieurs. Sa présence était indispensable, en
effet ; il avait été témoin du crime.

— Norton, dit Henri, reprenez votre poste
d'éclaireur, nous allons vous suivre dans le
même ordre.

Les sept hommes se mirent alors en marche
Les flots battaient déjà les roches disséminées
sur la grève. Cette voix plaintive des vagues se
brisant sur la rive commençait à s'accentuer.
On pouvait pressentir que la mer allait bientôt
toucher la base des falaises.

Nos voyageurs avançaient toujours, silencieux, mornes. Il pouvait être près de quatre
heures du matin. L'obscurité était encore complète. On arrive à une plate-forme sur laquelle
se dressait un pan de muraille en ruines. Il y

avait eu là quelque brillant manoir, détruit peut-être par le temps, par les hommes.

— Halte! ici, crie de Sartène, halte!

Norton ordonne aux matelots de faire du feu : on était transi de froid.

Des étoupes goudronnées, quelques herbes sèches sont allumées, et répandent une épaisse fumée jaunâtre, qui, poussée par le vent, s'enroule comme un linceul autour de la crête de la muraille. Les hommes se groupèrent frileusement autour de la flamme. Quant à l'accusé Stevens, il était assis sur une pierre, et spécialement gardé à vue par les matelots Dick et Jack.

Henri allume une torche et l'enfonce dans uns des crevasses de la ruine; cette torche est le flambeau de la justice qui va présider au conseil.

— Messieurs, maintenant je vous dois des explications. Un grand criminel est au mo-

ment d'expier ses fautes devant nous. Il y a
quelques mois, je m'embarquais à bord de
l'*Argus*, accompagné de MM. Norton et Stevens; j'espérais quitter l'Europe avec deux
frères, — illusion! un ennemi, un serpent,
s'était glissé parmi nous. Un jour vient où le
devoir nous oblige à entreprendre un voyage
sous-marin; le traître trouve l'occasion profi-
table. Stevens veut m'assassiner. A l'instant où
il a levé la hache pour me frapper, je l'ai parfaitement reconnu. Qu'avais-je donc fait pour
m'attirer sa haine?

Pendant qu'à quelques milliers de lieues d'ici
la vie m'était miraculeusement rendue, Stevens, non content de monter en grade, par le
fait même de ma disparition, voulut escalader
deux échelons en se débarrassant de Norton.
Rien ne lui parut plus simple! Avec une habileté diabolique, il parvint à semer adroitement
le doute dans les meilleurs esprits : on put

13

croire Norton criminel. Son infernale tactique
allait réussir ; j'arrivai très-heureusement à
temps pour sauver le plus innocent et le meil-
de mes amis. Devons-nous juger nous-mêmes
Stevens ? Faut-il le mettre entre les mains de
la justice ? Que faire ?...

— Me céder maintenant la parole ! reprit
Norton, qui s'apercevait qu'emporté par sa générosité, de Sartène allait peut-être pardonner
au meurtrier.

— Je vais, continua Norton, établir nettement la situation. Nous sommes ici constitués
en tribunal suivant la loi de Lynch. Vous êtes
appelés à porter un jugement impartial sur la
conduite de notre compagnon de voyage Stevens. Interrogez votre conscience. Si vous
pouvez prévoir quelque motif d'indulgence,
faites pencher le plateau de la balance du côté
de l'accusé ; mais, s'il est bien avéré qu'il est

foncièrement criminel, n'hésitez pas une seconde, soyez inflexibles.

A l'œuvre donc, Messieurs !

Stevens, nous vous accusons d'avoir attenté aux jours de votre chef, Henri de Sartène.

Répondez.

— Je l'avoue, balbutia Stevens.

— Songiez-vous depuis quelques jours à commettre ce crime ?

— Peut-être... Mais la vue d'un trésor qui allait tomber entre les mains de M. de Sartène me décida tout à fait. Le sang me monta à la tête. Je frappai !

— Comment se fait-il que les remords ne se soient pas trahis sur votre visage ? Comment se fait-il surtout que vous ayez essayé de faire retomber l'accusation sur un autre ? En suivant cette voie, aviez-vous l'intention formelle d'arriver au premier rang ?

— Oui, j'ai assez de la feinte, je dirai tout.
J'avais ce but, et je m'en flatte. Vous me gêniez,
je vous faisais disparaître, j'étais dans mon
droit. Des obstacles, presque infranchissables
semblaient me barrer le chemin, je les détrui-
sais, je les abattais. Eh ! les hommes politiques
agissent-ils autrement ? La fortune a paru me
sourire. Je restais seul maître de la situation.
Il s'en est fallu d'une ligne que je réussisse.
Bien d'autres qui ne valent pas mieux que moi,
ont pris le même chemin et sont aujourd'hui
puissants. J'ai perdu la partie, voilà tout !

— Et avant de perdre la partie, interrompit
de Sartène avec une juste indignation, vous
avez perdu le feu sacré qui conduit aux grandes
choses : la conscience ! Le véritable bonheur
n'est jamais le partage des hommes sans conscience ! Ne vous y trompez pas ! Malheureux,
vous pouviez nous tuer, nous remplacer, rouler
des millions, mais la plus douce chose qui soit

au monde vous échappait, vous perdiez votre propre estime. Ne dites pas, Monsieur, que la partie était sur le point d'être gagnée ; elle était au contraire, pour vous, perdue à jamais.

— Ainsi, reprit l'Américain, accusé Stevens, vous ne pouvez nier votre crime ?

— Eh monsieur ! vous m'y forcez bien ! Mais vous n'avez pas le droit de condamner un malheureux qui n'est, en résumé, justiciable que des lois de son pays ? C'est une atrocité que vous ne commettrez pas !

— Erreur ! reprit Norton, nous formons ici un tribunal aussi équitable, soyez-en sûr, que celui de Londres. Si tel est le jugement porté contre vous, vous serez tué sans pitié, comme une bête fauve. Messieurs, déclarez-vous coupable l'accusé Stevens ? Matelot Dick, parlez.

Le marin répondit sans hésitation :

— Oui, je vote pour la mort.

— Et vous, Jack, que dites-vous ?

— Oui, l'accusé mérite la mort.

Les autres matelots répondirent à leur tour :

— Oui, la mort !

— Le jugement, jugement irrévocable, est donc prononcé, reprit Norton. Le condamné doit expier sur-le-champ ses crimes.

— Vous m'accusez de lâcheté, de trahison, s'écria Stevens, mais vous êtes plus lâches que moi ! Je suis sans défense !

— Nous ne nous laisserons pas ébranler par les injures d'un scélérat, répliqua froidement Norton ; justice sera faite.

— Je demande la grâce de ce misérable, fit de Sartène, entraîné par son noble cœur.

— Je regrette d'être en contradiction avec mon ami, répondit Norton, mais cette grâce ne sera pas accordée. La loi de Lynch est implacable. Quand on a failli plusieurs fois, rien ne peut réhabiliter. La mort est une expiation équitable. Les bardes, dont les chants retentis-

sent encore sur cette terre, l'ont souvent ré-
pété : il faut rentrer dans le grand tout lorsque,
par le fait d'une nature vicieuse, incomplète,
on doit être fatalement nuisible à ses semblables. La solidarité qui unit les hommes entre
eux n'est-elle pas détruite par les monstres qui,
au mépris de cette voix qui vous dit : « Aidez-
vous ! soutenez-vous ! marchez ensemble ! »
conspirent dans l'ombre et veulent rompre les
liens, seule force de la société ? Ces gens-là, en
petit nombre, sont en guerre avec l'humanité,
il faut les exterminer ! La nature ne veut, pour
la servir, que les gens utiles : d'elle-même, elle
répudie le mal ; ne supprime-t-elle pas ceux qui
deviennent impuissants à concourir à la marche
du progrès ? Stevens doit mourir !

— Je me soumets à vos arrêts ! dit le condamné ; je vais me préparer à mourir ; mais
veuillez me délier les bras pour que je puisse
adresser mes derniers souvenirs à ma famille.

— Vous mettrez alors sur votre lettre que vous quittez ce monde volontairement ; sans cela, vos dernières pensées mourront avec vous, fit Norton d'un ton qui ne souffrait pas de réplique.

— J'y consens, répliqua Stevens.

A cette condition les mains du condamné furent dégagées des entraves. Il prit un crayon et parut écrire. Cependant, de temps à autre, ses yeux se promenaient furtivement sur le voisinage comme pour y trouver une inspiration.

Tout à coup on le vit s'élancer d'un seul bond sur l'épée que Dick avait laissée, imprudemment à cinq ou six pas de là, et fondre avec impétuosité sur Norton, qui était armé d'un revolver.

L'Américain eut à peine le temps de se jeter à droite ; sans cela, l'épée le frappait en pleine poitrine. L'élan était tel que Stevens ne put s'arrêter qu'à deux mètres de là. Norton s'était retourné, et, braquant son revolver sur l'agresseur : Eh ! dit-il avec un admirable sang-froid, l'ami, ne courez pas si fort ! Un peu plus de calme !

Les six canons du revolver, près de faire feu, fixèrent pour ainsi dire Stevens au sol. Un pas de plus, en effet, et il était mort.

— Tenez s'écria Norton, il faut décidément en finir avec vous ! Le soleil se lève, vous mourrez avant qu'il nous ait éclairés de son disque entier. Il n'aura pas la honte de vous revoir ! Nous vous ordonnons de vous élancer dans la mer par-dessus la falaise ; Vous aurez débarrassé le monde d'un traître. Si vous échappez à cette petite chute, tant mieux pour vous ; convenez-en, la loi américaine n'est pas cruelle ; elle laisse une large part aux éventualités ! Allons, mes propositions ne vous agréent pas ; vous résistez ; en vérité, vous êtes bien difficile.

13.

Au reste, le choix est libre ; si vous préférez six coups de revolver en pleine poitrine, à votre fantaisie !

Norton mettait alors le doigt sur la détente du revolver, et n'avait plus qu'à la presser pour faire rouler devant lui un cadavre.

Comprenant qu'il n'y avait plus de chance de salut que dans la commisération de ceux qui l'entouraient, Stevens se jeta à genoux, et, les mains jointes demandait grâce, jurant qu'il se corrigerait, qu'il deviendrait honnête homme, qu'il partirait pour une contrée lointaine, qu'il ne mettrait jamais les pieds en Angleterre et en Amérique.

— Mais partout, objecta Norton, il y a des hommes, partout vous ferez le mal sur votre passage. On tue le chien enragé : on ne le lâche pas chez ses voisins. Il faut extirper à jamais la mauvaise plante qui ronge le sol. Pas de fai-

blesses ! Puisque vous êtes chrétien, faites votre prière !

Stevens se roulait sur le sol et pleurait comme
un enfant.

— Songez, reprit Norton, qu'il vous faut
mourir avant le lever du soleil ; vous n'avez
plus que trois minutes ! l'aurore apparaît, le
premier rayon illumine l'Orient. !

Quelques secondes s'écoulèrent.

L'inflexible Américain regarda sa montre.

— Stevens, plus que deux minutes !

Le silence de la consternation, du recueillement planait alors sur cette scène : on enten-
dait seulement la vague qui se brisait à la base
de la falaise.

— La vie ! la vie ! je suis si jeune encore !
s'écriait le coupable, qui tentait un suprême
effort pour ébranler ses juges.

— Il ne vous reste plus qu'une minute, reprit
froidement Norton.

Le soleil se dressait, en effet, presque dans tout son plein ; déjà les astres s'éteignaient ; le ciel blêmissait ; les eaux de la mer, sous le jeu oblique des premières lueurs, prenaient une teinte bleu pâle. On commençait à distinguer les rives du comté de Kerry.

Stevens comprit que tout espoir s'était envolé ; qu'il fallait au moins mourir librement.

Il se leva, embrassa l'horizon d'un long regard et fit quelques pas vers le gouffre. Il s'arrêta sur la limite extrême, sur les rebords même de la falaise ; ses yeux plongèrent dans le précipice. La mer était haute et battait les rochers. Que de réflexions durent en cet instant assaillir son esprit !

— Stevens, s'écria Norton, nous ne sommes pas tes ennemis, mais tes justiciers ; meurs en brave !

— Adieu donc ! s'écria l'infortuné, qui s'élança dans l'abîme.

On n'entendit pas un cri ; les assistants, par une impulsion mutuelle, se portèrent sur le bord de la falaise. Deux ou trois cercles se formaient dans l'eau sombre et venaient mourir sur le rivage. Une haute lame à crête écumeuse passa. On chercha vainement la place où un homme avait disparu à jamais.

HISTOIRE DE TROIS CAPSULES

I

Ce qu'étaient Roderickson et Jonathan. — Premières
aventures. — *Les trois capsules.*

Au mois de juillet 1855, le monde savant fut
en grand émoi; — l'intrépide baronnet sir
James Roderickson, déjà bien connu par ses
explorations à travers le Sahara et le Soudan,
partait de Londres, s'embarquait sur le transport le *Pioneer*, et cinglait du côté de Saint-
Paul-de-Loanda. Il s'imposait la périlleuse
mission de pénétrer dans l'intérieur de l'Afrique australe, à travers jungles et marais.

Il promettait même plus : « Je boirai, disait-il, une tasse de thé à l'endroit où le Nil prend sa source, et j'y chanterai le *God save the Queen* avec mon fidèle serviteur Jonathan. »

Le voyage que projetait sir James fit non-seulement sensation en Angleterre, mais grand bruit à Paris, qui avait été honoré de la présence du baronnet pendant les deux hivers de 1854 et 1855. — Le noble étranger se promenait invariablement de l'hôtel Meurice à la Porte-Maillot. Les habitués des Champs-Élysées le reconnaîtront sans doute à ce portrait : — c'était un homme de quarante à quarante-trois ans, portant sur ses épaules une sorte de large plaid blanc ; il ne perdait pas une ligne de sa belle taille de cinq pieds six pouces ; son nez, sculpté sur le moule de l'énergie, faisait la courbe au-dessus de sa bouche ; ses yeux bleus expressifs donnaient à sa physionomie un caractère d'audace peu commun ; un abondant

collier de barbe rousse encadrait son visage
long, maigre et osseux. — On lisait aisément
sur ses traits une résolution inébranlable, une
finesse rare, jointe à un sang-froid tout britannique. C'était, en somme, un voyageur admirablement préparé pour aller loin et accomplir
de grandes choses.

Le nègre Jonathan, son domestique, né dans
les parages du Dahomey, était, au physique,
un petit homme replet et bien proportionné.
Au moral, il savait parlementer avec sa conscience, marchandait peu les services dont il
gratifiait son seigneur et maître, et, sans être
doué d'une intelligence très-prompte, ne manquait pas d'une certaine habileté. Il s'énonçait
fort mal en anglais; les huit mois qu'il passa
en France l'enrichirent d'un vocabulaire très-
restreint de mots, et il ne parvint jamais à
prononcer que deux phrases passablement
intelligibles. Je les ai retenues; elles peignent

l'homme et deux nations : « Petits blancs de
Paris, disait-il, savoir bien faire manger, mais
pas savoir du tout commander ; grands blancs
de Londres, pas savoir du tout manger, mais
beaucoup mieux savoir commander, parce que
savoir frapper. » Eh bien ! ce pauvre nègre,
qui, au contact de la civilisation européenne,
ne put jamais comprendre ni les droits de
l'homme ni l'égalité de toutes les races, de
toutes les conditions, de tous les rangs, devant
les lois universelles· et devant l'honneur, ce
candide enfant d'Afrique, qui adorait Roderickson parce qu'il en était battu, et l'aurait
infailliblement méprisé s'il en avait été choyé,
était le modèle des serviteurs honnêtes, et, en
même temps, chose rare, son esprit ne manquait ni de sagacité ni d'adresse.

Or donc, sir James et Jonathan débarquent
vers la fin de septembre à Saint-Paul-de-
Loanda, capitale des établissements portugais

de l'Angola. Une caravane est bientôt mise sur pied. On quitte la station européenne, et l'on s'avance dans l'intérieur de la Guinée. A cent cinquante lieues de la mer, le baronnet fait camper sa petite troupe dans une riante vallée, au pied d'une haute chaîne de montagnes, et, se promenant les bras croisés sur la poitrine, à la manière napoléonienne :

— Tout va bien, se dit-il, mes hommes se comportent à merveille. Jonathan est un habile serviteur ; avec lui, je ne manquerai jamais de rien. Avant peu, j'aurai reconnu le royaume d'Anziko et baptisé quelque nouveau lac du grand nom de Victoria !

En se tenant ces discours flatteurs, sir James ordonne qu'on dispose son hamac au milieu du feuillage épais d'un baobab de douze siècles ; car, si sa caravane le satisfaisait en tous points, il se trouvait désagréablement harcelé par certains petits aptères qui vivaient en locataires habituels sur le bon indigène ; voulant dormir loin de cette gent maudite, il se glisse voluptueusement au milieu des branches et s'y endort bercé de mille rêves ambitieux.

L'obscurité de la nuit a toujours été mauvaise conseillère ; profitant du sommeil de la caravane, une troupe de sauvages, à la piste de chair à vendre, s'approche à pas lents, et, en moins de cinq minutes, fait une complète razzia de tous les nègres ; Jonathan, le fidèle Jonathan, se trouve malheureusement des leurs.

A son réveil, le voyageur se vit aussi seul que Robinson sur son île. Il déplora surtout la perte de son excellent domestique, et, en bon Anglais, il s'écria : « Le pauvre diable m'était si utile ! »

Cependant sir James ne se découragea pas. Il interrogea sa mémoire, et se souvint que plus de dix Européens avaient subi le même sort et s'en étaient très-honorablement tirés.

Ceci caressa sa vanité. « C'est la gloire que je conquiers, se dit-il enfin, le livre de mes anecdotes s'imprimera à cent mille exemplaires ! On éditera mon portrait à côté de celui de sir John Franklin et de l'immortel Cook. » D'ailleurs, ne lui restait-il pas sa carabine, une boîte de capsules, une sacoche de poudre et des milliers de balles ; son courage allait-il faillir devant un si médiocre incident ? « Non, mille fois non, s'écria-t-il bien haut, comme s'il prenait la nature à témoin de sa détermination, je ne rétrograderai pas timidement du côté de Saint-Paul-de-Loanda, j'irai combattre le gorille dans ses forêts, je ferai la chasse au lion, s'il est besoin ; Wahlberg et Andersson ont bien vécu de cette façon dans les pampas de la Cafrerie. Wahlberg en est mort, c'est juste ; mais Andersson vivra cent ans ! »

Roderickson ajuste sa ceinture, jette sur ses épaules une légère peau de daim, charge toutes ses armes, aiguise son grand couteau et s'enfonce au milieu des jungles.

Dans le pays d'Achongo, il est pris pour une divinité, retenu de force, et adoré pendant trois mois ; plus loin, dans les montagnes de Cristal, il tombe entre les mains de cannibales, et ne se sauve qu'après un combat où vingt nègres demeurent sans vie sur le sol ; — plus loin encore, dans le territoire des gorilles, à la hauteur du Gabon, il est assailli par trois singes qui menacent de l'emporter dans les arbres ; une balle arrête d'abord la velléité d'enlèvement du plus téméraire, le second reçoit les cinq coups d'un revolver dans les jambes et le troisième est cloué à un arbre par l'intrépide sir James.

Arrivé sur les bords du Niger, Roderickson, en regardant sa besace, voit avec terreur qu'une mauvaise épine de mimosa y a fait un trou ; il retourne anxieusement le sac et envoie au ciel la plus terrible des imprécations en s'apercevant que ses capsules ont disparu par cette scélérate issue.

Des armes sans amorce, c'est une terre riche privée de semences; c'est une personne belle sans esprit, c'est..... Mais c'était plus que tout cela pour le voyageur, puisque ses capsules le sauvaient du péril, lui donnaient la nourriture de chaque jour. Le voilà qui se promène sur les bords du fleuve, en proie aux pensées les plus pénibles; tout à coup, à l'imitation du beau mouvement d'André Chénier, il frappe son gousset et s'écrie : « Mais il y avait quelque chose là ! » Il plonge fébrilement ses doigts dans sa poche; un rayon subit éclaire alors son front : TROIS CAPSULES lui restent encore ! Il les regarde avec amour, il les palpe, et les contemple en tous sens; il examine si les promesses qu'elles font ne seront pas trompeuses, il s'effraye d'un point noir qu'il remarque à l'une

d'elles. Il les considère avec plus de jalouse
tendresse qu'une coquette ses bijoux ; — certes
Pellisson aimait son araignée, Charnay sa
picciola ; — pour l'un c'était une consolation ;
pour l'autre, le rajeunissement de l'âme ; —
mais pour Roderickson, ses trois capsules,
c'était plus que tout cela, — c'était la vie.

II

Le roi Guékou et son ministre Rabassalao. — Eutrevue
du roi et de sir James. — Comment il se fit que sir
James eut les honneurs d'une grande fête.

Sir James attache à un tronc d'arbre plusieurs brassées de lianes nouées solidement
entre elles ; il les pousse vers le fleuve, se place
audacieusement sur cet esquif improvisé et se
met à ramer avec de larges feuilles de palmier ;
le courant l'entraîne pendant quelques milles
et finit par faire échouer son radeau sur la rive
opposée.

A peine débarqué, le courageux Anglais déplie sa carte et interroge sa boussole. « C'est bien cela, se dit-il, en plein royaume des Kakondas ; si je ne suis pas traité en prince je serai indubitablement mangé par cet aimable peuple. Allons ! » Et le baronnet marcha droit sur la capitale du pays.

Pendant que sir James suivait un sentier bordé de cocotiers et de pamplemousses, le roi des Kakondas, l'illustre Guékou, était en grande conférence avec son premier ministre Rabassalao. Il parcourait son palais, habitation que le plus simple des fermiers de la Brie ne voudrait pas échanger avec sa demeure, et passait en revue la belle collection de têtes fraîchement cueillies sur l'ennemi.

— Seigneur lui disait Rabassalao, en se prosternant, tu es le plus puissant des souverains du monde ; la terre tremble devant tes armes victorieuses ; toutes les richesses sont entassées dans ton royaume.

— Tu dis vrai, reprenait Guékou, je suis riche, glorieux, adoré de mon peuple; j'ai des soldats qui lancent leurs flèches au-dessus des nuages et feraient de la lune une cible à l'arc si la fantaisie leur en prenait; mes femmes sont belles, gracieuses et réjouissantes; le roi de Dahomey, mon mortel ennemi, n'a pas, parmi ses amazones, des créatures d'un noir aussi prononcé, d'un menton aussi avancé et d'oreilles aussi longues, que l'admirable Koutaïa, ma compagne; le ciel et la terre m'obéissent, je semble n'avoir rien à désirer, rien à ambitionner, et pourtant...

— Seigneur, fit Rabassalao, en se courbant jusqu'aux genoux de son roi, tu ne peux souhaiter un ministre plus dévoué que celui qui baise tes pieds.

— Non, certes, mais regarde mes armes : j'ai des milliers de dards empoisonnés, des casse-tête, des javelots, des lames d'acier larges

comme ton corps et qui te couperaient en deux
en moins d'une seconde ; j'ai douze carabines,
offertes, l'an passé, par le traitant yankee qui,
en échange, a reçu trois cent vingt esclaves.
Quatre barils de poudre sont enterrés au pied
du bouquet de palmiers qui ombrage ma demeure ; je parais donc tout posséder, tout avoir,
et pourtant, par une cruauté du sort, je n'ai
jamais pu me donner la satisfaction de tuer
quelqu'un avec un de ces précieux fusils ; il
m'a toujours manqué cette petite calotte dorée
qui doit éclater en étincelle et mettre le feu
à la poudre ; jamais, mon cher Rabassalao,
il ne m'est tombé entre les mains une seule
capsule !

— Illustre prince, répondit le courtisan,
j'implorerai les fétiches et leur sacrifierai six
esclaves pour que tes désirs soient exaucés.

En ce moment, le dialogue fut interrompu
par l'arrivé d'une amazone dont le front était

surmonté de deux petites cornes, et qui était assez gracieusement vêtue de belles peaux léopard.

L'amazone entra précipitamment, se roula deux à trois fois sur elle-même, et chanta plutôt qu'elle ne prononça ces paroles :

« Très-sage et vénéré maître, un étranger au teint blanc apparaît sur les confins de l'immense empire dont tu es le soleil. — Faut-il l'amener vivant ou mort ? Désires-tu que sa tête couronne le toit de ton palais, ou que le barbare soit mis de côté pour être dévoré par tes cannibales ? »

Le roi et son premier ministre délibérèrent. S'il se fût agi d'un homme de couleur, l'alternative n'eût pas été de longue durée ; un souverain qui, dans une fête, met à mort deux mille prisonniers, n'aurait certes pas hésité à commettre un meurtre de plus ; mais on ne sacrifie pas un blanc aussi facilement qu'un noir ; derrière le cadavre d'un blanc, se dresse

14

un drapeau vengeur, implacable, ambitieux,
souvent même fort satisfait de saisir des pré-
textes de conquête.

Guékou se prit à y songer; il pensa aussi que
le nouveau venu pourrait bien lui offrir des
présents ou échanger des galons, des verrote-
ries, et surtout des capsules, contre des esclaves; en conséquence, il ordonna que l'é-
tranger fût reçu avec les honneurs princiers,
et lui fût amené le plus tôt possible.

Une heure après, le baronnet sir James Roderickson, porté dans un palanquin, pénétrait,
au pas de course, dans la capitale des Kakondas; les indigènes poussaient des cris horribles,
se frappaient le ventre, tiraient la langue, et
manifestaient leur joie de la façon la plus naturelle.

Inutile de dire que le voyageur, familiarisé
avec de pareilles scènes, laissait errer ses regards sur la populace, et n'était surpris que

d'une chose, c'était de voir les nègres, ses por-
teurs, aller aussi vite.

A la porte du palais, une sorte de chambellan noir le prit sur ses épaules, courut pendant
cinq minutes à travers les corridors en aboyant
comme un chien, et déposa son fardeau à trois
mètres du roi Guékou, qui, entouré de son
état-major, trônait sur une grande chaise de
paille de riz, surmontée de deux crânes.

— Illustre étranger, dit le monarque avec
une dignité mal feinte et une adresse toute sauvage, ton arrivée m'était annoncée depuis longtemps. De même que je sais faire tomber la pluie,
je peux prévoir tous les autres événements. Tu
es le bienvenu ; je célébrerai des fêtes dont tu
seras sans doute reconnaissant, car je suppose
bien que tu ne viens pas chez moi sans m'ap-
porter des présents.

— Mon pays, répondit sir James en redres-
sant la tête et en agitant sa longue barbe, mon

pays, c'est l'Angleterre, qui posséderait ton royaume si cela lui faisait plaisir ; ma nation ne le désire pas, parce que je ne le veux pas. Mes compatriotes savent que je suis ici et m'attendent à Bénin ; je viens pour te voir en allié, et pour contracter un nouveau pacte d'amitié avec toi.

Le noble baronnet mentait effrontément, et se donnait une importance diplomatique qu'il n'avait jamais eue ; en principe général, il avait tort, grand tort, mais... on se permet bien autre chose au Kakonda.

— Très-illustre étranger, reprit Guékou, je rends grâce à nos serpents sacrés, car c'est à eux que je dois ta visite. Tes frères sont généreux, nous le sommes également. Les Kakondas et les Anglais s'accorderont donc toujours parfaitement ensemble, comme deux grands peuples dignes de s'apprécier ; mais écoute-moi bien : tous ceux qui ont eu l'honneur d'être reçus par moi n'ont jamais oublié de me faire des cadeaux, parce que nous n'avons jamais manqué de les couvrir de nos bienfaits. On te comptera cent esclaves parmi les plus beaux ; en échange, je me contenterai d'une boîte de ces petits chapeaux qui allument la poudre, et que vous nommez... capsules.

Sir James tressaillit de la tête aux pieds. Le mot capsule résonna à son oreille comme une détonation. On eût dit une étincelle électrique qui le frappait. Il oublia qu'en revêtant l'habit de diplomate il fallait en prendre le corps ; il oublia que promettre, c'est encourager dans l'attente et semer des germes d'espoir, et que les bons diplomates promettent toujours ; il fut aussi emporté, et, par conséquent, aussi maladroit qu'un Français aurait pu l'être.

— Des capsules ! répondit-il, il ne m'en reste qu'un petit nombre et tu n'en auras pas une seule.

Un rugissement de fureur sortit de la poitrine du chef. Tout son état-major se jeta la face contre terre, comme une troupe d'Arabes à l'approche du simoun.

— Sais-tu, méchant barbare, s'écria Guékou en frappant du pied, que je pourrais te les prendre et te faire périr?

— Je suis citoyen anglais, répliqua fièrement le voyageur, frappe!

C'était presque un mot sublime; il déconcerta complétement le sauvage. Son imagination entrevit toute l'armée anglaise à ses trousses, ravageant son royaume, brûlant son palais et lui tranchant la tête. Son esprit, lâche et fourbe, fut effrayé de la supériorité de cet homme qui osait lui résister. Il se sentit rapetissé, presque annihilé par cet Anglais, qui le défiait d'une parole et l'arrêtait d'un mot. Cette puissance britannique, invoquée avec une si entière assurance, lui parut terrible, menaçante comme un géant à cent yeux et à cent bras, qui ne laisse tomber aucune injure et qui écrase sous ses mains de fer. Guékou comprit le danger auquel l'exposait sa violence ; il fit un prompt revirement sur lui-même, et, déguisant sa timidité du mieux qu'il put, il reprit d'un ton doucereux :

— Étranger, pardonne à mon impatience ! J'ai tellement hâte d'avoir des témoignages de ton bon vouloir, que, sans plus différer, je vais te prouver l'estime que je conçois pour toi et pour ta grande nation. Une fête sera célébrée, on n'y épargnera rien pour te plaire ; en attendant, considère mon pays comme le tien. Reçois de ma main cette canne, partout où tu la porteras, le respect et l'obéissance te seront accordés.

Un hourra accueillit cet hommage, un des plus grands honneurs qu'on puisse décerner au Kakonda. Suivant l'étiquette, la foule se traîna sur le sol pendant quelques minutes. Le souverain et son premier ministre en profitèrent pour s'esquiver, tandis que sir James, heureux de l'issue de l'audience, mais non sans inquiétude pour l'avenir, sortit entouré d'une foule ignorante que le prestige du bâton rendait à la fois soumise et jalouse.

Guékou et Rabassalao se dirigèrent vers l'arbre des palabres (conciliabules), causèrent environ pendant dix minutes, et finirent par conclure que, puisque l'Anglais ne voulait pas céder ses capsules, on saurait les prendre sans qu'il s'en doutât; que, s'il se plaignait ensuite du larcin, un esclave serait accusé publiquement du rapt, torturé et mis à mort; que le châtiment couvrirait tout, et qu'en fin de compte l'étranger, comblé de faveurs et de dons, s'en irait probablement enchanté auprès de ses compatriotes de Bénin.

Ce colloque machiavélique terminé, Guékou

ordonne à son héraut d'annoncer au peuple le commencement de la fête ; il se dirige lui-même sur la place où l'attendaient déjà, bouche béante, deux à trois cents gaillards noirs comme de l'encre et tout simplement vêtus de colliers et de bracelets.

Le roi, suivi de son ministre et de son jeune fils, s'installe dans une sorte de large fauteuil, ses deux pieds reposent sur un tabouret tapissé de crânes, et le parasol qui l'ombrage est couronné d'une touffe de barbes conquises sur l'ennemi. Les amazones, javelot en main, se rangent autour de la sainte personne du monarque ; toute la cour a le genou en terre, le front incliné dans la posture la plus respectueuse.

Un roulement de tam-tam se fait entendre ; le baronnet, conduit par deux chambellans, et toujours porteur de son sceptre, s'avance gravement comme un sénateur romain, et s'assied à quelque distance de Guékou.

15

Le cambodé agite une sonnette pendue à son
cou, et s'écrie d'une voix retentissante : *Dinaba! dinaba* (taisez-vous)! Comme au parle-
ment anglais, après la phrase traditionnelle *hear*
le plus grand calme se rétablit.

Le roi lève le bras, et une pyrrhique diabolique s'engage entre plusieurs danseuses et
quelques guerriers. Ce premier divertissement
achevé, un chant d'une mélodie très-suspecte
vint charmer les oreilles des moricauds. Il con-
sistait en une sorte de *houloulement* produit
par l'application intermittente des doigts sur
les lèvres.

Après le concert, le festin.

On servit d'abord aux seigneurs et à sir James
de la viande de bœuf et de chien découpée en
lanières et seulement séchée au soleil; puis des
boules de manioc roulées dans des feuilles de
bananier, et une sorte d'épinards à l'huile de

palme. Tout cela exhalait un parfum à faire frémir l'odorat européen.

Roderickson, habitué de longue date aux banquets des sauvages, s'inquiétait peu de la saveur des mets, mais se défiait beaucoup de l'apparente cordialité du souverain, et pressentait que la bienveillance de Guékou cachait quelque trahison. Aussi ne portait-il à ses lèvres aucun aliment qui ne fût auparavant goûté par le roi. Il comprenait qu'avec un esprit perfide et captieux comme celui du chef, il lui fallait redoubler de vigilance, opposer la ruse à la ruse, avoir incessamment l'œil en éveil, déjouer ses projets, se pénétrer même assez bien de son caractère pour prévoir les subtilités qu'il pourrait inventer par la suite. Certes, une intelligence moins fine, moins féconde en ressources, moins façonnée aux mœurs des Africains que n'était la sienne, n'aurait pu engager avec le souverain une partie aussi téméraire

Lorsque le tafia coula dans les calebasses et fut distribué aux convives, le roi fit à son ministre un geste imperceptible pour tous, mais que la perspicacité soucieuse de sir James sut saisir au vol. Comme le médecin qui consulte la poitrine d'un malade et y découvre des indices fatales : « Voilà, se dit-il, un piége qui m'est tendu, la mort est peut-être là! » — Il sut conserver le sang-froid le plus absolu, il se leva avec calme et s'exprima en ces termes :

— Illustre roi, et vous tous, princes mes amis, je remercie le Grand-Être de m'avoir permis d'assister à votre fête ; je veux faire monter au ciel mes souhaits, comme il est d'usage en mon pays. Permettez-moi, pour que mes prières aillent plus haut et soient mieux écoutées de la Divinité, de verser le tafia dans une coupe européenne. En achevant ces mots, il sortit de sa ceinture un large gobelet en fer blanc. Un second clignement d'œil du chef à l'adresse de

Rabassalao changea ses doutes en certitude; il devenait évident pour lui que le tafia renfermait une substance étrangère. Le cambodé prit une petite jarre que lui avait remise le premier ministre, se dirigea vers sir James, s'inclina et lui présenta la liqueur.

— Verse, articula Roderikson, avec l'accent le plus naturel, verse! que je délecte se délicieux breuvage, mais remplis aussi la coupe de cet excellent serviteur!

Et il désignait en même temps un des chambellans attachés à sa personne. Le cambodé obéit; la calebasse du sauvage reçut la même liqueur et fut vidée en un trait. Le baronnet porta sa coupe à ses lèvres, l'y tint quelques minutes suspendue, la souleva comme un consciencieux buveur et parut en savourer le contenu.

Le roi tourna ses regards du côté de Rabassalao; le coin de sa lèvre supérieure se plissa en signe de satisfaction. Son sourire parlait et semblait dire : « Mon ennemi est à moi, je suis vainqueur ! »

Décidément, pensait en même temps le fin Anglais, cette liqueur recélait un piége. Vive les coupes à double fond et l'art des prestidigitateurs ! Ce malheureux qui a partagé avec moi ce damné breuvage va me donner la mesure de la fourberie de Guékou.

Bientôt les paupières du chambellan s'appesantissent. Le baronnet, qui, grâce à son stratagème, n'avait pas avalé une goutte de tafia, s'applique à suivre les moindres phases par lesquelles passe son trop naïf compagnon ; il imite ses gestes, ses mouvements. Le nègre, engourdi par le breuvage, roule sur le sol, bâille, et entre dans un sommeil des plus bruyants. De même, sir James se laisse glisser sur le terre, simule un accablement complet, ferme les yeux, et joint bientôt les sons gutturaux les plus accentués à ceux de son voisin.

Ce rôle fut si bien joué que, cinq minutes après, le roi, persuadé que le narcotique produirait l'effet attendu, donna des ordres pour qu'on emportât Roderickson dans la demeure de Rabassalao.

Il ne tarda pas à venir l'y rejoindre avec son premier ministre.

— Mon cher Rabassalao, dit le chef d'un ton cordial, tu es l'homme habile par excellence ! Cette affaire a été menée par toi avec un rare bonheur. Je t'accorde la plaque et le ruban ! Ton narcotique a réduit ce fier Européen à un anéantissement semblable à celui du boa après la curée. Je te le répète, tu es un grand homme. Cette fois, je tiens mes capsules. Fouillons l'Anglais. Otons-lui d'abord sa gibecière.

Roderickson, qui ne perdait pas un mot du discours, résolut de laisser faire, bien assuré que les deux perfides ne découvriraient pas facile-

ment ce qu'ils cherchaient. La besace fut enle-
vée et retournée. Il en sortit plus de vingt objets
qui étonnèrent fort les sauvages. Une brosse fut
prise pour un ornement ; un peigne, pour un
instrument de torture ; une bible pour un livre
de sorcellerie ; un mouchoir pour un drapeau ;
une corde de pêche avec hameçon pour un collier à amulettes ? une pipe pour un pendant
d'oreilles ; un thermomètre pour un fétiche, et
ainsi de suite.

Aux interprétations saugrenues des deux maîtres fripons, le baronnet avait souvent peine à
retenir son sérieux.

La besace examinée avec le plus grand soin
et sans succès, les sauvages scrutent l'homme
lui-même, et le palpent comme deux douaniers
sous l'œil de l'inspecteur. La peau de daim qui
l'enveloppe est agitée, remuée en tous sens. La
ceinture est également défaite. Vains efforts ! La
colère commence à gagner l'irritable monarque,

qui piétine avec impatience à travers la chambre. Rabassalao, en perspective de la décoration promise, faisait preuve d'un zèle incroyable. Plein de confiance dans le somnifère préparé de sa main, il retourne sir James, l'analyse depuis la tête jusqu'à l'extrémité des pieds. Ses regards plongent jusque dans l'orifice de l'oreille, jusdans les narines et dans la bouche, Rien, absolument rien ! Le roi tempête, invoque les petits fétiches, maugrée contre les mauvais serpents, envoie au diable sa nation et assassine en parole tous les peuples de la terre.

Roderickson se mordait la moustache pour ne pas éclater de rire.

A tant d'investigations et en proie aux plus tristes pressentiments, Rabassalao, qui redoute la terrible colère du maître, cherche et cherche encore. Le roi, voyant ses projets presque déçus, décharge sa colère sur les hommes et sur les dieux. Tout à coup il s'arrête, un éclair vient

15.

de se faire jour dans son esprit, il se frappe le front et s'écrie :

— Cherchons dans la barbe !

Le ministre, accroupi sur sir James, plonge aussitôt ses doigts dans la forêt qui naît au menton du baronnet. Celui-ci, voyant la cachette de ses chères capsules sur le point d'être découverte, étend un bras en avant, frotte ses yeux, repousse Rabassalao à deux pas de lui, lance un profond bâillement, et paraît regarder avec surprise Guékou.

Celui-ci, avec une présence d'esprit vraiment remarquable, lui dit d'un ton empreint de la plus tendre aménité :

— Oh ! très-cher étranger, nous t'avons cru malade ; nous venions garder ton sommeil et assister à ton doux réveil ! Que nous sommes heureux du rétablissement de ta santé !

— Trop de bonté ! roi, répliqua Roderickson,

je suis aussi éveillé qu'un homme qui n'a pas
dormi et me porte mieux que jamais.

— Alors, étranger bien-aimé, repartit le
fourbe sauvage, nous nous retirons ; agis suivant ton bon plaisir. Tu es ici comme dans ton
propre royaume. Là-dessus, il salua poliment
l'Anglais et sortit, accompagné de son premier
ministre, qui, tremblant de tous ses membres,
se recommandait aux serpents sacrés et n'en
disait pas moins en lui-même : Je suis un
homme mort.

A quelques pas de là, le roi le flagella de son
sceptre, et s'écria :

— Misérable serviteur ! voilà donc la puissance de ton narcotique ! Risée que tout cela.
Tu as voulu te jouer de moi ; tu es de conni-
vence avec ce vil barbare ; tu t'entends avec la
politique anglaise ; tu vends mon royaume, mes
sujets, tu te vends toi-même, infâme esclave !
Mais tu ne profiteras pas de tes menées souter-

raines : demain tu seras mangé par mes cannibales.

Rabassalao ne chercha pas à se disculper. On
ne combat pas l'ouragan. Il baissa la tête et se
rendit lui-même en prison : « Hélas! la flèche
qui va le plus haut, s'écriait-il, s'enfonce aussi
le plus bas ! »

En entrant dans son palais, le roi ne put retenir sa fureur.

— Les capsules ! les capsules ! s'écriait-il en
gesticulant et en vociférant, comme sans doute
jadis l'empereur Auguste redemandant ses lé-
gions au pauvre Varus, qui, certes, aurait bien
souhaité revenir avec elles. Mes capsules ! je
veux mes capsules ! Et, dans son emportement
insensé, il appliquait, ici, un coup de poing en
plein visage d'un de ses courtissns, et là, ren-
versait brutalement plusieurs seigneurs qui se
courbaient religieusement devant lui. La cour

était atterrée; pages, chambellans, ministres, princes du sang, tous se tenaient couchés sur le sol, en proie à la plus profonde consternation.

III

Le calme après la tempête. — La plus belle des femmes.
— Insensibilité de sir James.

Telle la tempête au front d'airain abat les
grands arbres, tel apparaît le terrible Guékou
au milieu des siens.

Cependant l'excès même de la colère en diminue la durée. Comme après l'orage aux yeux
de feu et aux voix infernales, la nature semble
renaître à une vie nouvelle, de même le roi des
Kakondas finit par s'apaiser et par ouvrir son
âme à des sentiments plus pacifiques. Un som-

meil réparateur lui fait un moment oublier les cruelles impressions de la journée, et, à son réveil, il réclame au plus vite la plus belle de ses esclaves, l'admirable Koutaïa, dont il a déjà été parlé.

Koutaïa est une négresse magnifique, précisément parce que, de l'avis des Européens, c'est la plus laide créature du pays des Kakondas. Ceci réclame une explication. Qu'est-ce que la beauté? Comment la discerne-t-on? La beauté est conventionnelle. On la discerne par un type idéal. Ce type n'a d'autre base que le caprice de la pensée ou une règle que la tradition perpétue. L'homme dont les traits s'éloignent le plus des types étrangers, soit nègre, soit mongolique, est, à notre point de vue, celui qui se rapproche le plus de la perfection caucasique; et ceci est parfaitement avéré par les faits. Nous, petits-fils de Japhet, nous refusons le prix de la beauté à qui ne possède pas un nez

aquilin, des yeux fendus en amande, un front
large et élevé, des sourcils arqués, des lèvres
peu épaisses, et un angle facial de quatre-vingt-
cinq degrés, tandis que les arrière-neveux de
Cham ne sauraient avoir trop d'éloges pour le
nez dont les ailes s'épanouissent comme une
tulipe sur le visage. Quant aux lèvres, ils les
jugent d'autant plus belles qu'elles sont grosses, et souhaitent au menton de leur fils d'être
le plus avancé possible.

Koutaïa répondait à toutes ces qualités et à
bien d'autres encore ; elle était presque aussi
large que longue. Sa taille mesurait quatre-
vingts centimètres de tour. Elle ne marchait pour
ainsi dire pas. On n'a jamais su si son embonpoint était le résultat de son inertie ou si son
inertie avait été la cause de son embonpoint. Le
prochain voyageur nous éclairera sans doute à
ce sujet.

Guékou s'entretint avec Koutaïa. Il se donna

le plaisir de la faire asseoir à ses côtés, et la
pria d'exécuter devant lui le pas de l'hippopo-
tame, ce qui consiste à se tenir sur un pied en
remuant la tête et en agitant le bras comme un
chien en pleine eau. L'esclave se leva, se plaça
tant bien que mal sur un de ses pieds, mais
elle perdit alors si ridiculement l'équilibre que
tous les assistants, et le souverain le premier,
ne purent s'empêcher de rire. La pauvre négresse fit des efforts désespérés pour rentrer
seule dans son assiette; il lui fallut le secours
de deux chambellans. Cette sotte mésaventure
fit réfléchir Guékou. Il se prit tout à coup à
trouver que Koutaïa perdait de son prestige, et,
songeant toujours aux capsules qui allaient
peut-être lui échapper, il eut une de ces méchantes idées qui n'arrivent pas, hélas ! qu'aux
hommes du Kakonda : le misérable résolut de
se débarrasser de sa femme par un échange.

— Avec ce démon d'Européen, se dit-il, la

ruse échoue ; essayons d'un présent qui l'éblouira. Je ne puis en faire de plus notable que celui de Koutaïa. Koutaïa, parée de colliers et de bracelets, fut immédiatement portée auprès de sir James.

Le chambellan qui introduisit l'esclave prononça les paroles suivantes avec la fidélité du héraut antique :

« Étranger ! le roi de la terre, Guékou, t'envoie la plus belle de ses femmes, la célèbre Koutaïa ; elle te sera gracieuse. »

Certes, Roderickson n'était pas inaccessible aux passions humaines, mais les charmes de Koutaïa le laissèrent parfaitement calme.

— Tu diras à ton maître, répliqua-t-il, que je suis venu d'Europe pour étudier les hommes et non les femmes. Que le roi reprenne sa compagne. Je n'en ai que faire.

En apprenant la réponse de sir James, le roi ne s'irrita pas. On eût dit qu'il s'y attendait.

— Je m'en doutais, dit-il, ce don n'avait pas assez de valeur. Allez chercher ma mère, et dites à l'Anglais que je lui en fais hommage.

Vite le cambodé s'élance hors du palais, court vers la demeure de la reine-mère, renverse sur son passage trois à quatre esclaves qui font obstacle à sa marche, ordonne qu'on dresse un palanquin, prie la reine de s'y installer sans délai, et, semblable à un capitaine de zouaves à l'heure de l'assaut, se précipite au pas de course du côté de la retraite de l'Anglais.

— Très-illustre étranger, lui dit-il, le roi de la terre, Guékou, t'envoie celle qui lui a donné le jour ; elle te sera favorable ; c'est un honneur immense qu'il te fait.

Roderickson ne jurait jamais, mais il ne put retenir deux à trois mots expressifs d'un anglais très-suspect.

— *By god!* s'écria-t-il, au diable la mère de

ton souverain et toi-même! Va-t-en, je garde mes capsules.

Le résultat de cette démarche est bientôt connu au palais : l'insuccès de ces tentatives désole, mais ne décourage pas le roi. Au contraire, plus il rencontre de difficultés, plus il s'acharne à les surmonter. Guékou n'est pourtant plus le tyran que nous connaissons, le despote qui croit tout faire plier sous sa main puissante : la fierté, le calme superbe du baronnet l'ont tellement fasciné, qu'il n'ose plus avoir recours qu'aux sollicitations les plus humbles, qu'aux prévenances les plus raffinées. Il en est ainsi du tigre, qu'un dompteur assouplit, et qui, après avoir essayé de le mordre, rampe ensuite timidement et la tête baissée.

— Je m'en doutais ! reprend encore Guékou en entendant la réponse du cambodé, cet Anglais est bien exigeant. Il veut ce qu'il y a de plus précieux dans ma famille. Qu'on lui donne ma grand'mère, qu'il l'épouse sur-le-champ et qu'il me cède ses capsules.

— Pour le coup, c'est trop fort, s'écria le voyageur en voyant apparaître la vieille négresse, dont le sourire rappelait l'enfer ; si je ne reconnaissais là un trait distinctif de vos mœurs, je croirais à une infâme moquerie. *Vade retro, Satanas! Vade retro!* Encore une fois, je refuse toutes vos séductions! Je garde mes capsules.

— Je m'y attendais ! murmura philosophiquement le roi, qui, se croyant homme supérieur, voulait, comme tant d'autres, avoir tout prévu. Il ne sera pourtant pas dit qu'un prince de ma naissance ne sortira pas victorieux d'une lutte avec un simple mortel. Cet étranger semble plus inflexible que le fer ! Tête de Mandingue ! je le jure par les fétiches verts, les capsules me seront livrées !

IV

Regrets de Guékou. — Rabassalao rentré au pouvoir.

Le roi se promenait en long et en large dans sa chambre, récapitulant tout ce qu'il pourrait inventer pour réduire le baronnet, ne s'arrêtant à aucune idée parce qu'il n'en trouvait pas une seule sans réplique, et regrettant les conseils d'un esprit adroit, ingénieux, comme celui de Rabassalao.

« Je n'ai plus rien autour de moi que le vide, pensait-il avec tristesse. »

— Mon premier ministre vit-il encore? demanda-t-il enfin.

— Seigneur, lui répondit-on, il vit ; mais les cannibales qu'entretient Votre Majesté ayant désiré qu'on leur servît les oreilles et la peau des mains de Rabassalao, on a cru ne devoir pas leur refuser. Votre premier ministre est néanmoins à vos ordres.

— Faites donc amener ce misérable! Peut-être est-il moins coupable que je ne le supposais.

Peu de minutes s'écoulèrent avant que Rabassalao fût devant son souverain. Le malheureux souffrait atrocement et contenait ses douleurs avec une énergie inouïe. Malgré ses blessures, il fut courtisan, il eut le courage de se prosterner aux pieds du farouche Guékou, et le courage plus grand encore de l'appeler : — Douce et clémente Majesté...

— Eh bien! lui dit avec bonhomie le roi, je

te pardonne. Je veux bien oublier ce qui s'est passé. Après tout, un homme peut honorablement vivre sans oreilles. Il suffit, d'ailleurs, que tu parles. Ce n'est pas que j'aie besoin de tes conseils, mais j'aime à causer avec toi.

— Divine Majesté, mon corps et mon âme sont à to.

— Bien parlé! Cet Anglais me résiste. Je veux ses capsules, je les aurai.

— Sire bien-aimé, tu les auras.

— Oui, mais que faire? Si j'offrais à cet implacable Anglais une partie de mon palais, qui serait à jamais sa propriété?

— Si j'avais cet honneur, prince de mon âme, je me considérerais comme le plus favorisé des mortels.

— Eh bien! va, cours lui porter cette nouvelle.

Rabassalao, au comble du bonheur de voir la fortune renaître, se rend au plus vite au-

16

près du baronnet, et lui expose les vœux du
roi.

— Je pars ce soir, répliqua l'Anglais, et ne
mettrai jamais les pieds sur votre terre. A quoi
me servirait un palais ?

Grande fut donc encore l'anxiété du ministre
de rapporter à son maître une réponse néga-
tive; il se servit de circonlocutions, de phrases
oratoires, de formes spécieuses; — le roi sut
bientôt, pourtant, discerner la vérité : il comprit que l'étranger allait s'enfuir, qu'avec lui
s'envolerait son espérance, que le départ de
l'orgueilleux Anglais proclamerait sa défaite,
que la dignité de sa couronne était en jeu dans
cette lutte, qu'il lui fallait un éclatant triomphe s'il ne voulait être bafoué par tous.

— Tête de Mandingue ! s'écria-t-il, je n'aurai donc pas les capsules de ce maudit barbare. Il est sur le point de quitter mes États !
Peut-être ce soir n'y sera-t-il plus ? Que ne

puis-je avoir sa chair et la faire scier en mille morceaux? Voyons, mon cher ministre, il faut tout tenter.

— Oui, très-grand souverain, il faut tout tenter, repartit l'adroit courtisan, qui depuis ses dernières épreuves avait résolu, en fait d'avis, de n'en donner aucun, et retournait tout simplement les phrases du tyran.

— Je hais cet exécrable Anglais, reprit Guékou, naturellement tu le hais, et, par contre, — comme entre les gens il y a toujours échange de sympathie et d'antipathie, — s'il me respecte, moi, parce que je suis roi, il doit te détester sans partage, toi, parce que tu n'es rien.

— Admirablement juste, répondit le ministre.

— Tu m'aimes, tu m'es dévoué, n'est-ce pas?

— Corps et âme, mon excellent roi.

— Cette réponse me charme. Je t'aime aussi, et je te témoigne toute ma reconnaissance pour l'immense, pour le signalé service que tu es appelé à me rendre.

— Oh ! sire, c'est trop d'honneur.

— Non, mon digne ami, ta mémoire me sera toujours chère. Par ton dévouement à me servir, tu auras sauvé le trône, dont la dignité est en péril. Je te décerne la plaque de l'éléphant gris. Ta famille en portera à jamais les armes.

— Oh ! merci prince de mon cœur, merci !

— Soldats, emmenez donc mon précieux serviteur Rabassalao devant l'Anglais. Les sacrificateurs lui ôteront soigneusement la peau, qui sera offerte à l'étranger de ma part, en lui faisant comprendre que, par une attention délicate, j'ai voulu qu'il emportât la dépouille de mon premier ministre. Vous ajouterez que c'est là un des plus beaux dons que je puisse lui faire, car, en lui sacrifiant Rabassalao, je m'impose la plus cruelle des privations (1).

Rabassalao, malgré sa perspicacité, ne s'attendait guère à cette conclusion; il l'écouta pourtant avec un remarquable sang-froid, s'agenouilla devant Guékou, lui baisa les mains, et répondit en diplomate consommé :

— Vénéré souverain, je te rends grâce de l'honneur que tu m'accordes; je m'élance à la mort, heureux et fier de t'être utile jusqu'à la fin.

Et d'un signe solennel, il dit aux soldats de

(1) Tout cela peut paraître étrange, formidable, insensé, et pourtant, à quelque cinquantaine de lieues de là, dans le royaume de Dahomey, les anomalies plus incroyables encore ont lieu journellement. Qu'on lise les relations de MM. Répin et Guillevin, on saura jusqu'à quel point peut aller la passion du meurtre. Au Dahomey, la mort plane sans cesse sur tous les habitants, depuis le plus haut dignitaire jusqu'au plus humble sujet. Sans aucun motif de haine, le prince condamne au dernier supplice ses ministres, ses ambassadeurs, ses parents. Son caprice sanguinaire se plaît à voir martyriser les hommes, comme quelques-uns d'entre nous, hélas! se réjouissent de l'agonie des animaux. Au fond, le sentiment est le même. L'un est tempéré par la civilisation, l'autre exalté par le fanatisme.

16.

l'accompagner; — cependant, deux pas plus loin, il se ravise, et s'écrie :

— Hélas ! je me félicite de périr, mais pourquoi la fatalité veut-elle que le présent soit incomplet ! Il me manque les oreilles et la paume des mains !

— Arrête ! c'est vrai ; on ne pense pas à tout, répondit naïvement Guékou. Je l'avais oublié. Ton objection est juste, très-juste. Quand on fait un hommage, il faut l'offrir en entier. Je te remercie de ton conseil. Mais qui choisir ?

— Majesté ! je ne connais pas d'homme au monde mieux portant que Koulo, l'odieux Koulo, votre ancien ministre, que l'on réserve à la cérémonie des coutumes. J'atteste que son corps est uni comme l'écorce lisse du bambou ; le misérable n'a pas reçu une égratignure. Sa peau sera un admirable présent.

— Tu dis vrai ; je veux qu'on le déshabille

devant l'Anglais. Cette petite réjouissance l'é-
branlera. La peau de Koulo, convenablement
préparée, lui sera offerte. J'ordonne, qu'on
obéisse !

— Allons, pensa Rabassalao, voilà un rival
que j'envoie loin !

V

Ce qu'était Koulo. — Un coup d'État.

Koulo est tiré en toute hâte du fond d'un cachot aussi noir que lui et emmené par une patrouille de six sacrificateurs, dont les longues épées effilées, terribles, s'amusent à se jouer au-dessus de sa tête. Le pauvre diable prévoit son sort ; il marche au supplice avec cette nonchalante hardiesse qui caractérise les enfants d'Afrique. On le pousse dans la case où sir James, peu soucieux d'être plus longtemps en butte aux ridicules obsessions de Guékou, mettait la dernière boucle à sa valise, serrait sa ceinture et se préparait au départ.

— Par tous les diables ! se dit-il, en apercevant la mission, je vais simuler l'homme sourd et ne pas répondre à ces entêtés délégués du plus entêté des monarques.

Il tourne le dos, continue ses préparatifs sans prêter la moindre attention aux nouveaux venus.

Koulo est étendu sur une planche, entouré de courroies, garrotté. Le bourreau en chef examine le patient avec cette savante attention de l'apprenti médecin vis-à-vis d'un sujet de l'amphithéâtre ; la lame brillante de son coutelas caresse amoureusement les joues et les épaules de la victime comme le rasoir passe prestement sur la main d'un expert barbier.

Tout à coup, sir James se retourne, son nom vient d'être prononcé par un des individus qui

font partie de cette ambassade de mort. Il regarde, il ne peut en croire ses yeux, car il lui
semble reconnaître Jonathan, l'utile Jonathan,
dans ce nègre que les sacrificateurs s'apprêtent
à martyriser.

— C'est bien moi, votre serviteur Jonathan !
répète la voix.

En cet instant, le couteau du bourreau se
lève et va retomber ; Roderickson s'élance,
saisit le glaive, et s'écrie en le brandissant au-
dessus de la tête de la victime :

— Allez dire à Guékou que je suis fort sati-
fait des honneurs qu'il me décerne, et que je
vais me procurer le plaisir de dépouiller moi-
même cet homme.

Il y avait un tel air de supériorité dans le
geste de l'Anglais que les couteaux rentrèrent
dans leur gaîne, tandis que les sacrificateurs
sortirent comme s'ils eussent reçu l'ordre d'un
chef.

Sir James, en sa qualité de baronnet de la libérale Angleterre, n'aurait pas pour beaucoup, dans la ville de Londres, humilié sa main droite à presser celle du plus honnête ouvrier de la Cité; mais tout se fait tellement à l'inverse des lois divines et humaines dans ce singulier pays des Kakondas, que le noble gentleman se précipita dans les bras de son ancien serviteur et l'embrassa cordialement sur les deux joues.

Après ce touchant accueil, que je ne dépeindrai pas davantage, sir James alla droit à son sac, le chargea sur les épaules de Jonathan, et lui dit tout uniment :

— Partons !

— Impossible, répliqua le nègre.

— Esclave, tu me résistes ! fit sir James avec un ton tragi-comique.

— Non, mon bon maître, non! Mais écoutez mon histoire. En deux mots, la voici : « Fait prisonnier, comme vous le savez, pendant que vous dormiez en paix dans un baobab ; vendu et revendu, je fus porté de marché en marché dans le royaume des Kakondas, où Sa Majesté Guékou, suivant son habitude, me fit mettre de côté pour une fête de sang. Sur ces entrefaites, il advint que Koutaïa, son esclave favorite, tomba dangereusement malade. Comme je parlais l'anglais et le français, je n'eus pas de peine à passer pour un savant docteur. Je soignai la belle, que Dieu voulut bien guérir. Cette merveilleuse cure me sauva, et, le bonheur aidant, Guékou fit de moi son premier ministre. Les choses vont vite au Kakonda ; marié, jouissant d'un crédit colossal, dirigeant toutes affaires de l'État, j'étais heureux ; mais j'eus la malencontreuse idée d'être l'assidu courtisan de Koutaïa la coquette, que l'exécrable Rabassalao trouve aussi fort de son goût. Il résulta de tout ceci des intrigues dont je

17

vous épargne les détails. Bref, je fus jeté dans
une prison, tandis que mon rival s'empara du
pouvoir. »

— Eh bien ! répliqua sir James, je te rends
la liberté, je te protége, nous partons ensemble et tout est fini.

— Mais, très-bon maître, exclama Jonathan,
je suis à la veille d'être le père de quatre enfants ; tout se fait vite au Kakonda ; j'ai cinq
femmes qui me font aimer l'Afrique ; je ne
mourrai pas sans essayer de reconquérir mon
autorité. Le ciel vous a envoyé à mon secours,
vous pouvez me rendre aussi puissant, plus
puissant qu'un roi !

— Où l'ambition va-t-elle se faufiler, la per-
verse ! grommela le baronnet.

— Oui, reprit le nègre, vous l'avez dit : j'ai
soif d'honneurs ! Je suis noir, c'est juste, et je
vous respecte parce que vous êtes blanc ; mais
les autres sont noirs, et je peux les gouverner ;

j'en ai le droit ; je les gouvernerai. Ce qui me
manque, ce n'est pas le courage, ni la persévé-
rance, ni les partisans... ce sont les armes ; j'ai
pourtant de la poudre, des balles, mais pas de
capsules !

— Ah ! by God ! by God ! by God ! s'écria Roderickson, ces démons se sont donné le mot !
Tu veux mes capsules, misérable ambitieux !
Mais, je n'en ai que trois, entends-tu ? Penses-
tu conquérir un État avec trois capsules ? Triple sot !

— Peut-être ? répondit Jonathan.

— Eh bien ! sois donc satisfait! stupide animal. De guerre lasse je me déclare vaincu. Le
pavillon britannique saura sans doute me protéger mieux que ces trois méchants bonnets
de cuivre. Tiens, brute, prends ceci et cela.

Et le pied de sir James alla s'égarer dans les
régions hautes des jambes du nègre, qui tomba
à terre et ramassa, sans mot dire, les trois

capsules, qui lui étaient dédaigneusement jetées, comme trois pièces de monnaie à un
ignoble mendiant.

Le privilége de la domesticité, c'est de n'a-
voir aucun respect humain. Cela reçoit une
injure, un coup de canne, un coup de poing
avec une philosophie admirable. Le nègre ne
broncha pas ; il se releva, dit adieu à son maître et s'enfuit à toutes jambes.

Emporter les capsules, s'élancer chez lui,
charger ses trois pistolets, fut pour Jonathan
l'affaire de cinq minutes ; il se porte ensuite du
côté du palais de Guékou, qui, entouré d'une
foule de courtisans, devisait avec Rabassalao.

— C'est moi, Koulo l'invincible ! s'écria-t-il,
faites-moi place ! Je viens annoncer une bonne
nouvelle. L'Anglais va céder ses capsules.

— Et c'est toi, reprit le chef, toi, condamné
à mort, toi qui oses te faire le messager de cet
homme !

— Oui, répondit Jonathan, je l'ose.

— Sais-tu, articula Rabassalao, qui naturellement renchérissait toujours sur les paroles
du roi, sais-tu qu'à cette heure tu devrais être
écorché et jeté aux chiens ?

— Ainsi, vous voulez donc toujours ma
mort ?

— Oui, oui ; aux cannibales ! s'écrièrent ensemble le roi et le ministre.

— Eh bien! je serai plus généreux que vous.
Voici les capsules !

Il prend rapidement ses pistolets, ajuste Guékou et Rabassalao, presse la détente ; les coups
retentissent, et les deux hommes tombent sans
vie.

Les Kakondas, s'imaginant que la foudre est
entre les mains de Koulo, se blottissent dans
les coins, comme par les temps d'orage.

Jonathan bondit sur le trône, prend le scep-

tre royal, arme son troisième pistolet et le promène sur la foule effrayée.

— Je suis roi par la volonté du tonnerre,
s'écrie-t-il. Celui qui refusera de me reconnaître
périra aussitôt par le feu.

A ces mots, qui allèrent au cœur des courtisans, un hourra se fit entendre : « Vive Koulo !
Vive le nouveau roi ! » Du palais, les cris se
propagèrent sur la place, de la place dans toute
la ville, de la ville dans le royaume. Koulo fut
acclamé par tous et surnommé Koulo-la-Foudre.

VI

Avénement de Koulo. — Conseils de sir James. — La troisième capsule!

Pendant ce temps, sir James s'efforçait de marcher à grands pas du côté de Bénin ; mais la chaleur était si accablante que les moindres bouquets de cocotiers et de palmiers le retenaient pendant des heures entières.

Il songeait aux événements dont il avait été le témoin et l'acteur, il rédigeait dans son imagination les bizarres épisodes de son voyage, et les publiait dans la *Revue d'Édimbourg*, à la surprise générale et à l'admiration des Trois-Royaumes.

Malgré sa brillante fortune, Jonathan ne fut pas ingrat; à peine sur le trône, il pense à son maître, sir James, et l'idée de ne plus le revoir lui torture l'âme; il expédie dans la campagne le cambodé et vingt amazones. On suit la piste du fugitif, on l'atteint, on le place dans un palanquin et on l'amène triomphalement auprès de Koulo-la-Foudre.

Celui-ci, en dépit de sa dignité, lui prend humblement les mains, les couvre de tendres embrassements et déclare au peuple que l'étranger blanc est, avec lui, le plus puissant personnage de la terre.

Roderickson croit alors de son devoir d'adresser aux indigènes quelques paroles sur le glorieux avénement et sur les hautes vertus de Koulo; il affirme que le nouveau chef est un guerrier sans pareil; que, grâce à lui, les Kakondas écraseront tous leurs ennemis et gouverneront le monde ; qu'il ne prélèvera aucun droit sur ses sujets, que tout fleurira sous son règne, qu'un prince tel que Koulo-la-Foudre tient son autorité du ciel et non des hommes.

Les plus chauds applaudissements accueillirent naturellement ce rare morceau d'éloquence. Se tournant ensuite vers Jonathan, sir James lui parla à voix basse et lui dit :

— Ne va pas croire un mot de toutes les balivernes que j'ai contées. Souviens-toi toujours, mon ami, que tu n'es ici ni par la volonté du peuple, ni par celle de Dieu, mais par le pur fait du hasard. Ton usurpation a été violente. Tu as marché sur deux cadavres pour t'asseoir sur le trône ; c'est peu et c'est trop. Rappelle-toi que ta ténacité, — si elle ne t'avait pas accordé le sceptre de Guékou, — t'aurait infailliblement valu la mort ; que ta fortune n'a tenu qu'à une capsule. Remémore-toi, Jonathan,

17.

cette sentence inscrite dans tous les livres :
« Que tout relève du peuple, que lui seul est
maître. » Conserve tes principes d'équité, régé-
nère ta nation, introduis chez eux la religion
anglicane, contente-toi d'une femme, si tu peux.
Sache enfin :

« Qu'en faisant des heureux un roi l'est à son tour. »

Le baronnet continua longtemps sur ce ton:
aussi arrêtons-nous ici la transcription de ces
remarquables conseils.

Jonathan promit d'être le modèle des princes.
Désormais, plus de sacrifices humains, plus de
fétiches verts, plus de serpents sacrés, une seule
femme sur le trône, des serviteurs et non des
esclaves, une armée diminuée, plus de razzias,
plus d'odieux impôts, liberté de commerce ; il
promit tout, absolument tout. Sir James se
flattait d'avoir été le promoteur du plus parfait
des gouvernements.

Un grand bruit se produit alors sur la place. Les vociférations, les cris les plus discordants se mêlent au cliquetis des armes. Presque à la même minute, une trentaine de courtisans font irruption dans le palais, et roulent au pied du roi et de sir James plus de cent têtes fraîchement coupées, dont les yeux fixes semblaient encore voir et dont la bouche se tordait dans la dernière agonie. C'était le prélude de la fête de l'avénement. Un quart d'heure après, le hache s'abaissait sur le cou de trois cents nouvelles victimes.

Le pauvre Koulo, esclave sur son trône, esclave des mœurs sanguinaires de sa nation, n'osa pas élever la voix pour arrêter ces massacres. Des milliers d'épée se seraient dressées contre lui.

— Ma foi ! lui dit le baronnet, je t'abandonne à ton peuple ! Adieu !

— Adieu, bon maître, murmura Jonathan.

Et il introduisit à la dérobée entre les doigts
du baronnet la troisième capsule, dont il n'avait
pas fait usage. Un Français aurait peut-être
hésité à reprendre ce qui avait été donné, on
s'en souvient, avec un généreux laisser-aller,
mais Roderickson était de pur sang britannique, il accepta l'amorce sans discuter, secoua
amicalement la main du roi, monta dans un
palanquin, et partit entouré d'une vingtaine
d'amazones qui chantaient un air national, et
criaient :

« Vive Koulo-la-Foudre ! »

A deux journées de la capitale, au moment
où l'on pouvait le moins s'y attendre, une nuée
de chasseurs d'esclaves, du pays d'Ado, assail-
lit la caravane. On fut très-courageux de part
et d'autre, mais il fallut des vainqueurs, et
les Kakondas eurent le malheur de ne pas
l'être.

Roderickson, voyant sa petite cohorte en

pleine déroute, se réfugie sur une hauteur hé-
rissée de rochers, déracine quelques jeunes
bambous, s'en sert comme de bouclier, s'adosse
à une énorme pierre, et se dispose à vendre
chèrement sa vie.

On l'attaque ; il agite son poignard, lui im-
prime un violent mouvement de rotation et le
jette dans le gros des ennemis avec la célérité
du Chelouk lançant le redoutable trombache.
Le projectile trace un sillon de mort au milieu
des sauvages. — Aussitôt, des milliers de flèches pleuvent sur la retraite de sir James, mais
leur pointe s'aplatit au contact des rochers, ou
se plante, en oscillant, dans le tronc des bambous.

Pourtant, les indigènes avancent peu à peu ;
le cercle qu'ils décrivent autour du baronnet
diminue ; ils ne sont plus qu'à quelques pas,
en deux bonds, ils peuvent se trouver à côté
même de sir James. Leur chef, qui semble à la

fois porter les insignes guerriers et religieux, leur commande d'aller percer de leurs sagaies l'homme au visage pâle ; ils s'apprêtent : déjà, les javelots se balancent dans leur main droite ; quelques secondes encore, et Roderickson ne sera plus qu'un cadavre.

Le courageux Anglais glisse de la grenaille de fer dans sa carabine, place en toute hâte sur la lumière du fusil l'unique, la précieuse capsule qui lui reste, et, tandis que les javelots sont sur le point de le frapper comme une cible, il mitraille les assaillants. Ce coup imprévu répand la consternation dans leurs rangs, mais bientôt ils se rassemblent et vont recommencer le combat.

— Si Dieu ne me secourt, se dit sir James, je suis perdu !

Ne pouvant plus lutter, il fait tomber à ses pieds tout le feuillage qui l'entoure, et, prenant un rameau de verdure, ce qui est aux yeux de tous les peuples un emblème de trève, il se dirige vers le chef des sauvages.

Quand ce dernier est à sa portée, il lui applique sur la nuque l'extrémité de son fusil non chargé, mais que tous les assistants supposaient, d'après l'expérience précédente, devoir recéler le tonnerre.

— Si tu fais un mouvement pour t'échapper, s'écrie-t-il, tu es mort ; si les tiens veulent me tuer, le coup part et tu es mort. Si tu n'obéis pas à mes ordres, tu es mort !

Cette phrase, à trois solutions également fatales, impressionne fort le chef, qui supplie sa troupe de ne rien tenter pour sa délivrance.

— Maintenant, reprit Roderickson, nous ne sommes qu'à trois heures de Bénin ; conduis-moi ! Mon arme, qui renferme la foudre, ne te quittera pas d'une seconde. Marche !

Le sauvage s'acquitte scrupuleusement de sa

mission, la bouche du canon de la longue carabine de sir James caressant constamment sa
chevelure.

Les compagnons du chef, semblables à une
troupe de chacals effrayés, suivaient à quelque
distance, occupant les hauteurs, se répandant
dans les environs du sentier, scrutant avec
anxiété ces deux hommes liés si étrangement
l'un à l'autre.

Arrivé à Bénin, et à la porte d'une maison où
flottait le drapeau anglais, le baronnet fit ses
adieux à son singulier guide et lui souhaita
d'être plus heureux une autre fois.

Ainsi finit l'histoire des trois capsules. Rode-
sickson est revenu en Angleterre, et la reine
Victoria l'a honoré d'un entretien dans son palais de Windsor.

Quant à Jonathan, il est toujours roi et re-
dresse son peuple du mieux qu'il peut. Il est
entré résolûment dans la voie des réformes :

de mémoire d'homme, à la fête religieuse
des coutumes, on sacrifiait deux mille esclaves; — désormais, grâce à lui, les Kakondas se contenteront de quinze cents victimes.

FIN

TABLE

UN DRAME AU FOND DE LA MER

HISTOIRE DE TROIS CAPSULES

F. Aureau. — Imprimerie de Lagny.